今夕何隙·文三街188号

杨蓟浙 等著

浙江工商大学出版社
ZHEJIANG GONGSHANG UNIVERSITY PRESS

目　录

第 1 章　曾经聚散

第 2 章　你我他们

第3章　来来往往

第4章　窗内窗外

第5章　我的学军

第6章　轻流顿渐

第7章　今夕何隙

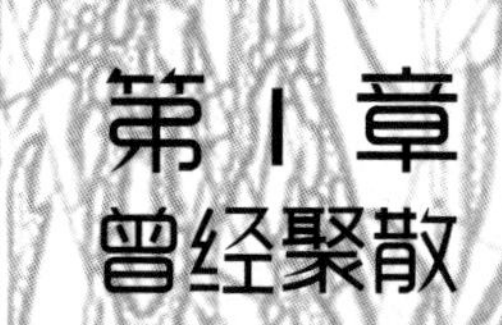

第1章 曾经聚散

你未曾走远

杨蓟浙｜初3高7[①]

一

离开学军三十年了。毕业那年，高考一考完，因为在省化学竞赛中拿到一等奖，我去了北京，代表浙江省参加全国化学夏令营。回来时，大家都准备上大学了，所以，好像没有一个正式的告别，就匆匆走了。但走进学军的那一刻，我却记得格外清楚，仿佛就在昨日。

那是1978年，前一年刚恢复高考，杭州市的几所重点中学，开始向全市招生，不再分片分区就近上学，想借此集中有限的资源，迅速提高教育水平。于是，在小学快毕业时，老师突然把我们这群天天在丢沙包、跳橡皮筋、搞绿化积肥的毕业班学生召集在一起，告诉我们说要到一个叫“学军中学”的学校去考试，考上了，就可以去那里读初中，而不是小学附近的另一所中学。那所中学的门窗破的破，碎的碎，校园里还经常有一些反挂书包游荡的年轻人打群架。我们听了，似懂非懂的，也没有搞什么题海战术准备，排着队，嘻嘻哈哈、懵懵懂懂地就去考试了。

一进学军，我就被那幢古色古香的教学楼吸引了——那是一座有着小飞檐的灰色的三层建筑，四方的窗，庄严而慈威地立在办公室的左侧。大楼里的教室，一排对着操场，一排对着校外，

① 此处“初3高7”是初中3班和高中7班的缩写，下同。

窗明几净，光线清亮。房子很厚实，属于冬暖夏凉的那种，配上隐约泛着木纹的桌椅，真是读书写字的好地方。监考老师们，就是后来教我们的老师，到今天，还记着他们如何轻声细语地告诉我们填好自己的名字，还有他们那关切的神态。其实，那是我们人生中一场很重要的考试，而监考老师带着欣赏而热切的目光，让我觉得，我们是一群老师们等了很久的孩子。

考试中，有一个测试概率比较苹果大小的题，其实没有标准答案，只是用来测试一个人的分析能力。考完试，在回去的一路上，我们都在讨论可能的答案。那一刻，我就很想进这所叫“学军”的学校读书，很想见到那些很“老师”的老师们，很想知道那道题的最终答案。三十年过去了，不曾忘掉那道题，更不曾忘了后来教我们的老师们。

二

学军的老师温文厚重，用优秀的文化传承，启迪着我们懵懂的智慧。从 ABC 到多来米，从摩尔定律到动量守恒，从“海客谈瀛洲”到“秦时明月汉时关”，点点滴滴，现在回想起来，老师的语调、手势、音容笑貌，和那些读过的书深深地连在一起了。文真真老师的眯眯微笑，邱志权老师的挺背耸肩，寿纪媛老师的

“敲栗子”，贺元泰老师的一往直前，叶绍昆老师的中式棉袄……一切，都带着书香味，清晰地印在脑海里。

学军的老师认真执着，对自己所教的科目热情有加。记得那时生物还是新兴学科，大家并不是很看重，但教课的鲁老师每次上课铃还未响，就开始在黑板上画生物图，全然不顾身后女生们高声讨论其他课习题的答案，男生们嬉笑地互相扔纸团。鲁老师会一直到画好才转过身，往往这时，教室一下子就安静了。鲁老师的画里，有充满张力的细胞泡，有用粉笔密密点上的细胞质，有蕴藏着密码的细胞核，还有细胞分裂的生动过程。那充满活力的神经元和神经末梢，像一幅幅寻宝图，召唤我们去寻找生命的本源。如今生命科学日新月异，硕果累累，更觉当年老师的用心良苦，用他独特的方式启迪我们。

讲到慈爱，无论如何也要记上周兰娟老师。很长时间，我都不知道周老师的一双儿女其实也在学军，只觉得老师把自己当女儿看待。那时有个化学兴趣小组，周老师领着我们像读大学一样做研究，不仅要做实验，还要整理成文，经常做到天黑才回家。周老师每次都陪我们踏着街灯回家，就这样日复一日，带我们而不是她的女儿，走过校园的春夏秋冬。

老师们不仅传授知识，更把自己的梦想托付给我们。我的启蒙老师，该是初中的物理老师。他话不多，感觉让人不容易亲近，每次教课，不多也不少，上课铃响踏入教室，下课铃响就合上书本。唯一让人记忆深刻的是他布置的作业：总是有浅有深，常有一两题要自己去想一想，挑战下大家的能力，而只有当他给出一些解题小窍门时，才会看到他不经意流露出的得意笑容。

可有一天，讲到电压电流，书中只有短短一行字提到了电池，他和往常很不一样，突然结结巴巴，脸涨得通红地讲了许多课本上没有的内容，从电池如何被发明，讲到当时电池的局限性，但始终让人感觉没讲出他真正要说的。直到下课铃响，他没像往日一样合上课本，像是终于下了决心，很坚定地对我们说："将来能发明新电池，突破现有电池的寿命或容量局限性的人，一定会拿诺贝尔物理学奖！"

这话对我好有诱惑力，我望着墙上挂着的科学家画像，有点怀疑老师的话。但既然他说得诺贝尔奖好像触手可及，那就没有理由不选择学习物理。多年以后回想，老师肯定曾做过这方面的研究，那是他未实现的梦想。他用这样的方式将它托付给他的学生们了。确实，因为想要验证自己和诺贝尔奖之间的距离，考大学时我毫不犹豫地选择了物理专业。这些年来电池技术不断创新，从手表、计算机用的锂电池，到一代代手机电池，再到今天很热

门的电动车电池，电池造就的社会价值，远远超过了诺贝尔奖的意义。而我也因为老师的一句话，有幸跟随物理学上解宇宙大爆炸，下析微波粒子裂变，充分领略了其间的旖旎风光和神奇魅力。正巧有位今年的诺贝尔奖获奖者的夫人是大学校友，于是大家笑言，当年雄心勃勃的触手可及，似乎还真不遥远。

三

三十年春华秋实，沧桑轮回，当年学校歌咏比赛时所唱的那首《在希望的田野上》，又红遍大江南北，而我们，又回到同学们的身旁。虽然大家身处天南海北，但不仅没有疏远，反而彼此心更近了。就像这次为纪念册催稿，恍如真的回到中学时代，陆陆就坐在我的后面，常常敲敲我的凳子说“喂，拿过来看看”，语气总是不容置疑。我也依然像当年一样，觉得没有写出自己的心情。当年总是怂恿他去邻座王晓军和后座吴剑平那里找一点精彩，然后让我借用一两句；这次，就拜托他删删减减，像裁衣服一样，妙手成就华章。

因为要写点什么，一个人在温哥华的秋夜里，回想在学军的当年。记得最快乐的时刻，应该是那些有太阳的日子。下课了，大家靠阳台立成一排，在长长的走廊上，可以忘掉考试，可以看大家嬉笑打闹，看到每个人和课堂里不一样的模样。回想在学军的当年，我们有擦身而过的遗憾和未曾留意到的美丽，还有一直不会说出来的秘密。回想在学军的当年，大家一起做得最多的事，可能还是对答案。三十年过去了，现在要对的答案反而更多。人生精彩多样，答案自然缤纷。于是在日不落的微信群里，在漂洋过海的聚会里，我们寻找闺密死党，一起翻阅人生的答案。我们探讨是该雨天里轻搅咖啡，还是一身戎装手持刀枪；是赏温哥华春天的樱花，还是看北京香山秋天的红叶；是去灵隐寺点一炷清香，还是手持《圣经》布道天下……这答案还是跟初进学军的那道考题一般，似乎有，似乎又没有。我们算得出太阳一百万年后的状态，却无法预言一分钟后小孩子的位置，更无法确知关于未来种种的答案。但有一个答案是共同的，我们是学军人，三十春秋，我们不曾走远，而此时此刻，我们在一起！

2014 年 10 月 30 日于温哥华

赴一场与自己的聚会

韩　炜 | 初 7 高 1

一、过去与现在的叠化

有一部伟大的纪录片——《7 UP》，从 1964 年开始，记录 14 位英国 7 岁儿童的生活，每隔 7 年，导演迈克尔·艾普特从 14 位拍摄参与者生活中取材。到目前为止，已经跨越 49 年（每 7 年一集）。世界上大多数人并没有这 7 个英国孩子的机缘，可以在暮年的时候，看到自己的生命在胶片上迅速闪过，看到自己生活的脉络和岁月的流痕。

事实上，人类在日常生活中已经形成了若干生活方式和文化习俗，来保留对过去岁月的记忆和回顾，比如照片、私人录影，比如节日团聚话家常，比如过生日等各种纪念日。比如杭州学军中学 1984 年高中毕业的一群人，眼下正在准备赴一场三十周年的聚会，一个无私而热情的团队正在为一本纪念册辛苦工作，试图用文字和影像捕捉、定格三十年间的若干碎片。

我不是一个科学家，在我有限的知识里，似乎只有人类有这样的一种文化，记忆在过去、现在之间穿梭，情感在既往和当下之间荡漾。

网上看到各班同学上传的毕业照，这些模糊的照片中，有许多身影已经不再熟悉，也有许多身影只留在照片上。根据几个记忆力很好的同学回忆，目前所知共有七八位同学已经离开人世。也就是说，那几位老同学将注定不能出现在即将到来的三十周年聚会合影上了。那么，是不是有一种合成方式，可以在我们今天的合影中，将他们几位的黑白影像叠化进我们的聚会中呢？就像上述那部纪录片中，56岁的老人在屏幕上看到7岁的自己在讲述着自己的未来。而那个未来，如今已经到来……

自然，这只是我近乎矫情的一个想法和某种情绪的恍惚。

二、记忆只有碎片，足够情感的荡漾

记忆无法被真实地触摸，既往也需要安静，不被打扰。前一阵，大家讨论要写一写几个逝去的老同学。寡言多情的大文就表示，他好像不知道如何下笔，是因为感触太多、记忆太重，还是什么原因，不得而知。有时候，带着一定距离的回忆反而更空灵些。

关于逝去，我想到了三个同学，都带着我个人的记忆角度。

一个叫郑新岭。许多同学比我更了解他。自他离世后网上诸君有过多次的缅怀，我也因此看到了一些他在国外意气风发的照片。照片上，郑新岭身姿挺拔，眉眼舒展，一看就是一个有着健康生活方式，持续锻炼的年轻人。如此强壮健康，又兼前程似锦，突然英年早逝，不免令人唏嘘。

我对郑新岭最私人化的记忆，是初中 7 班的一个学期，我们同桌，当年的他身体纤薄，个子很小，和我一样，因此同坐在第一排。第一排是很受老师监控的，更要命的是，当时有许多课程，实在没什么听头。打发无聊的方式——当时叫作“小动作”，有很多种，郑新岭的方式很特别，画连环画上的盔甲武士，诸如关羽、赵子龙、岳飞、杨再兴。到现在我还记得，郑新岭画得极好，不需要临摹，信手画来，栩栩如生，最可爱的是，他热衷于耐心地画那些盔甲，每片盔甲鳞片都用一个轻巧的“钩”表示，一钩一钩，耐心得像一个经验老到宠辱不惊的手工艺人。

至今，我眼前还有郑新岭歪着脑袋，用课本做掩护，一钩一钩地画盔甲鳞片的样子。

得知张红猝逝的消息，是在毕业工作以后。那时的上班，就像 20 世纪的许多老人，打水，拿报纸。当年杭州有一张前卫的“八卦报纸”叫《钱江晚报》，忽一日，在报纸的角落，我看到一则小小的社会新闻：某办公楼发生电梯事故。

张红是当时学军中学一个很特别的女生。她体育很好，为人腼腆，母亲是体育老师。因为有些罗曼蒂克的传闻，成为男生私下常议论的一个女生。我跟张红也几无交往。工作后路遇过一次，得知她好像在某公司上班做办事员，淡淡地说了一会儿话。中学时代的传说就像青春电影里的某种色调，在她身上已经云淡风轻。忽而看到这么一则新闻，一个生活中具象的故人，就逝去在一则语调中性的新闻里，当时给我的触动难以言说。

不断地远去和逝去，慢慢伴随着我们的成长。王雅旭是个活性因子特别强的老同学。毕业后不久他突然冒出来，说自己从一个死气沉沉的中专辞职了，当年的辞职是件很了不得的事，更何况他辞职后居然是去做生意，当时叫“下海”。他喜欢音乐，做的是音响生意。他做的“工程”是给县城里的卡拉 OK 厅装音响设备。当时的歌厅还在初级阶段，生意很好做。不多久，王雅旭兴冲冲地又冒出来，手里提着当年两三万一台的“大哥大”，说自己有合伙人和过得去的办公室了，要我去参观。拉我到他满是音响设备的办公室的那天，他搬了张椅子，调整再三，摆到音效最佳的位置，摁我坐下，打开自留的一套功放，层次细腻的 HiFi 音乐流淌出来，伴随着他欣慰的笑意。王雅旭的笑容一定是朋友间记忆深刻的，两眼眯缝，笑得酣畅而沉默。再后来，就听到关于晚间黄沙车肇事引发交通事故的消息。

不知道为什么想起了这三个远近不同的老同学：一个拥有着美国式生活方式的健康少年；一个在体育场上如母鹿般奔跑，在那个情感萧瑟时代流传出浪漫传说的美丽女孩；一个活力超常，

出现的时候永远是一脸笑容的音乐发烧友……

三、在记忆的虫洞中聚会

如果说，三十年前的那场高考是一场为了告别的聚会，那么，三十年后的今天将是一次什么样的团聚？

我更愿意相信，这次也许并不轰轰烈烈的聚会，而将会是我们近五十年生命中最有价值的身心体验之一。在那里，我们不是去展示我们拥有的财富、地位，也不是在一场苍白的躯体聚会中苍白地集体怀旧。

在三十年匆忙的日常生活中，我们的身体日渐干枯，年轻时代依靠荷尔蒙支撑的情爱也渐成生活的余韵，此时我们的生命原力是什么？熟练地展示我们在三十年间练就的职业技巧，吐槽各自孩子的烦恼与快乐，维持财富的保值和增长，在冬日阳光下晾晒色调褪去、日渐模糊的回忆？相信这会是我们这一代人此时的心结，不管你愿不愿意承认与诉说。

这恰逢其时的一场聚会让我们突然发现，还有一种只属于我们自己的生命活动：对于自己三十年生命的触摸和情感的汤漾，一种异次元的触摸，一种超越时空逻辑维度的荡漾。

我最喜爱的导演 Robert Zemeckis 执导过一部叫 *Contact* 的电

影，Jodie Foster 扮演的科学家通过虫洞与逝去的父亲相见，但是人类并不相信她与未知人士 Contact 的有关叙述。影片最后，引用了原著作者卡尔萨根的名言：“如果宇宙中存在的生物只有人类，那将是对空间的极大浪费。”套用这个句式，我想说，如果人生只执于当下的身心感知，那将是对人类这种灵性动物的极大浪费。

我们有理由相信，在未曾科学化描述与认同的世界里，有许多“虫洞”，可以供我们与自己聚会，与他人聚会，与不同时间的同一空间聚会，与不同空间的同一时间聚会。我们每个人滞留在不同时间维度中的生命流淌，都在等待着我们逡巡穿梭回去，行一场欢乐的聚会……

由是，让我们从四面八方聚拢而来，回到那个熟悉而陌生的位于中国浙江杭州文三街上的校园，赴一场与自己的聚会，赴一场与三十年前的自己的约会。

2014 年 11 月 14 日

时光挥不去

叶　枫｜初2高7

一

我心底的学军中学画面，总有那幢青砖黑瓦的老教学楼：南边临街的空地上间隔地栽种着杨树、柳树和香樟树，挺拔高大，随风摇曳；每当我们跑过那些吱吱呀呀的木地板和楼梯时，长长的幽暗走廊里便如舞台般，光影和人影迷离交织；阳光透过每间教室的门框落进长廊的木地板上，画下一格一格的三角。

学军中学占地不算大，大门对着文三街，简单的两扇银灰铁皮门。一进大门，正对一幢飞檐青砖的三层教师办公楼，校门两旁的阅报栏上常常张贴着学生排名成绩和学校事迹，每每路过，家长们和我们都要瞄上一眼，那里是顶峰，那里是悬崖。校园内整整齐齐的梧桐树给我留下了很好的印象。初中加入书画兴趣班，遇见孟泉等一班自少年宫书法班结识的同学，曾一起在校园里写生，最爱的一幕就是描绘树荫婆娑下的校园建筑。

20世纪80年代，无疑是个转折的年代。当时整个社会如同校园东边的河道，逢着西湖开闸放水的欢喜，一点点的情绪高涨起来。一夜之间，新华书店和外文书店里挤满了人，冒出许多再版新译的书籍来。那些书籍如同一支支手电，照亮了每个读者面前暗黑如漆的岩洞，外面世界的光亮竟那么激动人心。生逢其时

的我们，多么幸运啊！

幸运对一个少年来说，是在人生最初的路途上遇到对的家庭、对的老师、对的好友。在学军的六年，我就是其中那个幸运儿。

二

初中三年，对我影响最大的是邱志权老师、琚璐萍老师、褚家莲老师和我们 2 班班主任刘国钧老师。

邱志权老师当时教初中 2 班和 3 班的语文。她个头不高，瓜子脸，齐耳短发，时而微笑赞许，时而目光如炬，有一股（现在想来）民国五四青年的范儿。从初一开始，邱老师就每天早自习要求我们熟背一首唐诗，还常常督促我们阅读她油印的诸子百家文选小册子。至今还会想到那些脍炙人口的故事，如《晏子使楚》《南橘北枳》等。

那时标准的语文课本里，还留着许多“文革”故事，比如《草原小姐妹》和《高玉宝》等内容，新的教材还在不断编审之中。邱老师一直将她对中国古典文学的喜爱灌输给我们，她近似强迫地要求我们每天背一篇唐宋诗词，每周一篇随笔作文。这日复一日的背读，将那些流传千年的优美文字一点点地刻入我们生活中。诗词之美，在于情怀，而文字之美，在于精练。感恩邱老师，在我等少年心中注入了对中国古典文学的热爱，体会到语言文字的美感。

当年全国优秀中学语文组联办了一个交流学习刊物《作文通讯》，集中了十几所北京、上海、浙江、江苏、山东一带的重点中学语文老师，轮流编辑，各学校每月报选优秀作文一两篇定期刊登。当时初中 2 班里，记得有曹勇、顾新和我的作文被选登过，也是极光荣的事。

数学课的琚璐萍老师当时最年轻，刚到学军中学不久，担任我们班的数学老师。依旧记得她最初走进教室的模样：扎着两根短短的翘辫子，一绺刘海，红润而日晒的脸庞，笑眯眯的眼神中透出淳朴。不知怎的，第一眼就让我想到电影《春苗》里的女主角来。琚老师很认真地备课，那些按照教材编写的习题，在当时有“神童”之称的同学张愚看来，总是轻描淡写。常常老师刚在黑板上写完挑战题，张愚就已经报出答案了，琚老师有时会在黑板面前怔住，微微红了脸。自此她对 2 班的学生更加关照了。

琚老师兢兢业业地教了一辈子数学，算是把青春和人生最好的一段都给了学军弟子们。几十年后，她碰巧又成了当年我班同学亚波女儿的数学老师，课堂上，竟还搬出当年教导学军初中 2 班的故事，拿来激励新一代学军人。

褚家莲老师教我们班英语，她和众多勤恳努力、一心为学的学军教师们一起，为我们打下了良好的学习基础。我记得褚老师，是因为当年的一件囧事：在初一最初的英语期中考卷里，有一道附加题是写下自己认识的新单词，结果我洋洋洒洒地写下 100 多个，拿到全年级最高附加分，但在前面基础题里只拿了 92 分。结果被褚老师叫到办公室，语重心长地让我订正，对我提出要认真对待课堂教学的要求。这件事后来在学军全校家长会上被王蛟校长当众搬出，成为一个教育案例，告诫家长和孩子“不积跬步，无以至千里”。我父亲当时倒是没多说什么，回家后只是拍拍我的肩膀，让我不要泄气。自此以后，我倒总被褚老师惦记，如课堂朗读时常被抽中，英语演讲亦被选中。在初三那年，还和同桌好友郑岗一起，被褚老师几次派到低幼年级课堂里去做英语演讲，巡游大使一般，不知是否算迷途知返？

刘国钧老师是我们的班主任，也是政治课教师。刘老师永远是小平头，一身列宁装，右手夹着课本。初中班级大致会按照个头大小来安排座位，几个后排区域的男生却常会被调换座位，俊旸、宇烽、志翔和我都被调换过。刘老师是严格禁止上课做小动作和说话的，有时他会安排稳重的同学如高艳、曹勇在后排区域，希冀“榜样的力量是无穷的”。

那三年，我们还遇到更多可爱的学军老师，如地理程老师，会细声软语地用上海话把阿根廷首都读成“布衣侬是眼泪水”；如模样像霍金、架黑框眼镜的生物鲁老师，虽腿有疾，但授课时声若洪钟，隔墙都能听到；还有总是打扮得漂漂亮亮的音乐课尤老师，高高的个儿，不时卷个发。

三

在老教学楼里度过的初中三年时光，如声像斑驳的老电影，在少年学军人的眼前逐格闪回：白底红字的校徽，不合身的校服，有意思的课外兴趣小组，难得的夏令营机会，和美国中学生的口语交流，和日本中学生的书法绘画交换，还有最初电视里直播中国女排的第一个世界冠军，男足击败科威特时的疯狂，《读者文摘》和《大众电影》开始传阅，电视台开始连播 BBC 出品的狄更斯作品……在一个正在开放和苏醒的年代里，幸运如我们，对未来更充满好奇和勇气。

教学楼的北边操场旁搭了几张简易的水泥板，算是乒乓球台，每到课间休息就是男生们争夺的场地。那会儿，记得乒乓球打得好的就有孙挺、苏平、张愚等同学。足球也是那会儿男生的热门运动之一，我们一帮球友，从苏平、宇烽、耀东到惠骏、亚

帆、任涌、赵军和向群等，即使在各自上大学以后，还时常聚首，直到球友中陆续地有人留学，有人出国，兵分几路，马放南山。

初中 2 班的几年，我还幸运地结识了一班优秀的少年好友，如曹勇、苏平、张愚、郑岗、崔宇烽、裘士刚等，后来有的在高中一直同班，有的成了少年大学生，有的还考进同个大学，有的竟在职场上还有交集。

少年曹勇身上有一股书生气质，谦逊温和，我们因对文学艺术的共同喜爱而交往。他是家中老幺，大姐们对他关爱备至，在班里也是少年老成、稳重谦让，一直是老师眼里的模范。从复旦大学毕业之后，返杭跻身当年最热的外贸职业。书生踏入商贸圈，走异国他乡，看万水千山，一身好本事，一手好文采，尽写在滚滚红尘之中。

苏平身上有种领袖气质，是他少年时就显现出来的勇敢和决断力。他父母淳朴慈爱，去他家玩时，见识他小小年纪，家中事大人便要和他一起商量，日后更见他邻里朋友一大帮，个个视他如兄长。他身上与生俱来的幽默感和豁达，是同龄人中少有的。大学时苏平离家去外地求学，回杭工作后不久，夏夜闲聊，彼时的他就有了冲破藩篱的心。果然，不久就挂职而去，算是学友中较早勇敢创业的，一路走来，翻山越岭，如他笑言：“绕着学军走，打遍文三街。”

宇烽才思敏捷，曾是同桌亦是球友，和耀东、笑今、晓辉一起，算是当时住在杭大校园里的内援，每到门卫问起，就要搬出他家的门牌来挡。他是学军 1984 届最早出国留学的那几个之一。大学读到一半，就孤身出发，负笈北美。我搭火车去送他，在复旦校园里和曹勇、晓军、田力等碰头，心有戚戚焉。想当初他父亲回国后，曾招呼我和郑岗一起去他家聊美国见闻，拿出麦当娜最新出版的唱片 *Like a Virgin* 来听，并在纸上写下繁体的中文字来给我，让我等少年郎对北美生活充满憧憬。

张愚小学里就被称为数学神童，高二那年进入科大少年班，成为学军传奇，其事迹当年被《杭州日报》等刊载（不知他家中是否有存）。去了科大后，遇到教授温元凯，犹如打开天窗，假期叙旧时，便眉飞色舞地讲述科大见闻，令我等羡慕不已。愚留学美国后，还有书信交往（那些信函，还有士刚到北京的信函，都还留着）。之后曾有机会去美国考察游玩，初在东岸见了他和众学友，隔几年再到斯坦福大学找他，他驾车陪我游历北加州海岸无敌风景线，和我讲他的网球、登山等新爱好。美国那几年，他犹有新悟，从投身创业到决心回国。天下男儿，行胜于言。

少年学友裘士刚，一向血气方刚。初中放学，有时一起结伴

回家。到暑假，他会跑来一起玩四国大战或打乒乓球。士刚平日说话如倒豆子，语速飞快，也坦率直接。即使在课堂上，他也不怵，会和数学老师理论一番。若是他得理，便会发出嘿嘿的笑声来，附近座位的同学都会被感染。他个子精干，反应敏捷，体育课上若有吊环、单杠等项目，他总能一马当先最先达标。大学时他去了北京，迷上了崔健，迷上了民歌，也迷上了北京。每年假期回来相聚，就会说起大学里音乐讲座的内容，还有京城的文化生活。血总是热的，青春万岁。

郑岗好友，当初视他家如自己家，如今我等亦为人父，更觉当年他父母对我等少年人的理解和宽容。我和岗初三起曾同桌一年，遂成莫逆。年少时，一起追读福尔摩斯侦探集和阿西莫夫科幻故事，一起学习拍照，学习暗房冲印，一起去海岛旅游，一起完成他爸布置的翻译文章的任务，青春故事里少不了这意气风发的一篇。如今他不负其父母厚望，衔加拿大最高排名之多伦多大学教授一职，在给弟子授业解惑之余，亦有无穷精力去领导一个生命科学领域的尖端实验室。

要说初中 2 班的女生，如大观园里的群芳谱。我还记得的，有被老师视为心头宝贝的顾新，长辫垂肩特别有气质的冯萍，外秀内敛的班长高艳，活泼爱美体育好的陈军，柔声细语的好学生杨亚波，齐耳短发常微笑的王联欢，惜字如金的学霸郑文彦，说话脸红的沈芳，敢和老师较真的丁力，个子小巧的冯宗文，明媚亮眼的舞蹈队员程敏，天天打扮如娇公主的吴兰，等等。

那个年代男女少年个个纯真无邪，平日交往中却也楚河汉界，授受不亲。如今想来，不禁莞尔。数年以后，当我们得知高中年代学友芸征之恋，算是找到了学军 1984 届故事集里温暖的一篇。千江有水千江月，如今在学军高中微信群中读到有某生曾被女生一直暗恋之事，犹如读星河夜语。

初中岁月是如此美好单纯，男生女生们都积极地往求学的光明路上奔去，跑在前面的就是那些被写在校门口红榜上的名字。那些聪明好学的孩子来自各个班级，也很快成了全年级的学习明星。和高中时代的记忆不同，初中那会儿还没有特别地唯成绩论，三好学生或各项积极分子，甚至加入共青团，都是对一个学军少年成长的肯定和激励。

在男生眼里，那些体育文艺好的人总是校园偶像，现在随口还记得的有排球队里的李征、莫卫国、吴国峰、冯峰，足球队里的陈志翔、楼益林、孙挺，田径高手骆贤、魏皓奋、钱易人等。

四

人生三十年，山高水远。年轻时心里惦记着快和强，如候鸟一样，往最遥远的天上飞去，慢慢落进生命的金色池塘里来。

有的学友只是微笑照面，有的学友只是背影一瞥，有的学友身影未见却已名声在外，有的学友见到了会报不出名来。昔日重来，万水千山。

三十年前，西子湖云蒸霞蔚，三十年后，杭州城魂萦梦绕。浮云游子意，落日故人情。

感谢还有一批学军人，在每周的湖畔健行中相约聚集；还有更多的学军人，在微信和互联网的世界里彼此连接致意。海外学军野猪林群在李征、陆陆的召集下，滚雪团一般，将遍布五湖四海的学军人粘连在一起。

每个学军人，真正如蜡烛，在最宝贵的岁月里，一起点燃亮起，不懂吝啬，不惜时光，一起走过最美丽勇敢的年代。

2014 年 10 月 25 日于加拿大白石素里家中

第 2 章
你我他们

那些老师和同学们

程　玲｜初1

微信将时间碎片化，但也把很久不见的人重新连在一起。同学群中的网聊，有点像几十年前宿舍里的“卧谈会”：熄灯后，黑暗中，大家天南海北地聊，会聊到很远以后。而老同学们在微信群里的“盲谈”，则会谈到很久以前。其间的回忆经过岁月的洗礼，既生动，又凝练，把这些聊天记录连缀起来，就是很好的文章，读起来如沐春风。

一、那些老师

刚进群时，大家叙事忆人，陆陆常跳出来打句“肯挺牛”，一开始我不知何意，后来反应过来是“continue”，这让我想起了英语老师褚家莲。印象中的褚老师个头大大，眼睛小小，声音细柔，但是偶尔也会有高分贝的时候。曾有这么个场景：一次上课，褚老师教了几个新词，给大家几分钟自己背读，她就在教室前后来回巡视，突然，她高喊“Stop! Stop!”并比画出停止的手势，快步走回第一排的位置，停住身，一手拿着书用力摇晃，书页被抖得哗哗作响，一手食指指尖点向我们，用力上下晃动着，发出她不太有的高分贝：“刚才，我发现有同学居然在单词上用中文或拼音标注。”看得出来褚老师当时十分生气，然后是一字一顿地说：“你——们——这——样——是——学——不——好——

英——语——的！”一副恨铁不成钢的样子犹在眼前。现在若再看到这些调皮的中文谐音，褚老师一定是笑了，当年聪明调皮的孩子们，现在可都事业有成了。

琚老师教我们数学，初中三年都是她教的，给我们打下了非常扎实的基础。她讲课是启发式的，循循善诱：往往先抛出一道题，让大家开动脑筋、踊跃发言；于是，各色思维火花迸发、碰撞，各种解题方法涌现，课堂气氛相当活跃；接着，很自然地引出要讲的新内容，定理、逆定理……推来返去，步步缜密，最后大家熟记于心。以至于二三十年后，我们中许多人还能记得她教的那些知识，还能借以辅导孩子的功课。微信群里聊起来，直到近几年，还有同学想方设法，把自己的孩子送到琚老师的班上。

卢瑞宝老师在我记忆中占据了很重的分量。在我心目中，他是一位百年一遇的好老师。卢老师身材瘦小，但精神矍铄，双眼炯炯有神，十分犀利，谁心里藏点鬼主意，肯定是被一眼洞穿。他的教学思想是兼顾两面，一面是知识传授，一面是品德养成。他是学校教导主任，对校风校纪抓得很紧，学校广播里常会响起他那铿锵有力的声音、正气凛然的音调，足以降妖镇邪。校园里，常看他背着双手各处转悠，有时手里拿把夹煤饼用的火钳，看到零碎垃圾及纸屑，就夹起放进附近的畚箕。有一次我们班语文晨

读，在琅琅的读书声中，卢老师悄无声息地踱进教室，依然背着双手，一只手里还是拿着那把火钳。只见他走到一桌旁站住，用火钳夹起了地上的一团纸，轻轻放进旁边那位正翻开抽屉板、翻拿学习用具的同学抽屉里。那同学轻声解释说不是她扔的，卢老师笑眯眯地接道：“各人自扫门前雪，莫管他人瓦上霜？”那位同学的耳根一下子红了，不，是周围同学的脸都红了，包括我。

卢老师的教学方法自有过人之处，非常独特。他上课从不满堂灌，总有办法激发起同学们的学习兴趣，还不占用学生们的课外时间，常有出其不意的新招。记得初一时，一次语文课前，卢老师叫了几个同学，一起去图书馆搬了 40 多本书。看到课外书，同学们欢呼雀跃。上课铃响，每人一本发到手中。他给大家大半节课的时间自主阅读，同学们各个聚精会神，除了沙沙翻书的动静，课堂上鸦雀无声。时间一到，合上书本，卢老师依次点名，让同学们各自讲述所看之书的梗概，学习热情就这样被点燃。他还总要大家在阅读时手里拿一支笔，学着眉批评注，能力就这样一点一滴地积累提高。他教古文尤为一绝。每上新课，他先让我们蒙住注解自学，不懂之处，圈圈点点，之后他择重点解析。一篇文章，几处点睛字词经他一提，通篇融会贯通，精华片段立马熟记能背，一节课轻松消化一篇古文。某次杭二中老师来听课，他居然还是拿出一篇新的古文，还是那一套办法，一节课下来，同学们不仅理解了，而且还会背诵了。同行们惊叹不已。下课时，二中老师悄悄问我们：“卢老师之前有没有上过这篇课文？让你们预习过？”我们回答说“没有”，语气里透着骄傲，为自己，更为老师。卢老师教学水平固然高，但一贯坦诚真实的作风，在当今看来更加难能可贵。老师从不照本宣科，也不按编排顺序上，总是按自己的教案，有详有略；认为是精华的课文，比如鲁迅先生的文章，他会花好几节课讲授；几乎半个学期就讲完了教学大纲的所有课文。富余的时间，我们额外收获了中国古代寓言故事一百则，唐宋诗词一百首，这让我们一生受用。

初三换了黄洵燕老师教语文，还是当班主任。他可是一位菩萨心肠的好老师，也是艰苦朴素的典范，常常身前斜挎一只发黄的军用书包，脚蹬一双解放鞋。黄老师讲课很仔细，但因脾气温和，一些调皮同学就欺负老师。这边黄老师在讲台上精心授课，那边是一些捣蛋同学在下面发出嗡嗡讲话声，过分时声音会盖过老师，一定得等黄老师面露愠色，提高嗓门，下面才作罢。黄老师这样的好脾气应配一根棍棒才行。

二、那些同学

同学们聊着聊着，虽然不是真的面对面，说久了，年深日久的陌生渐渐消失，那语气口吻，犹如昨日重现。

冬妮：小珏好，我们是小学铁杆朋友。问你妈妈好。还记得在你家院子聊天，晒太阳，很舒服，温馨。

丽珏：冬妮好！

程玲：冬妮好！我们的学习委员，记忆中总是柔柔的语调，对谁都是和和气气的，好像没见过你生气。

亦兵：程玲，你和少莉坐我前面。女生中你们两个我记得最牢了。

程玲：郑洁，曾经的同桌，俺当年年少不懂事，离家（初三 1 班这个家）出走了。

珍珍：@程玲，该离开时离开，该回来时回来，很好啊！哟……

程玲：@Qing 马清，张蔚是我们班的？ Of course，你们曾经同桌，一对学霸。马清教授脑子里装满了干细胞。

陆陆：初中我同王勤、李凯刚、王瑾同桌，一直坐第一排，天天盯黑板，同学们认不全，不怪我！

恩宏：貌似我和张亦兵、吴红兵、李凯刚同桌过。

永芳：我和祖剑平同桌过，还有童晓磊，还记得吗？

……

恩宏：我这几天编了开枪的十个训练科目。科目一理论，科目二手枪分解结合和性能检查，科目三基础射击，科目四排除故障射击，科目五快速单目标射击，科目六快速双目标射击，科目七推进射击，科目八后退射击，叫变换姿势射击……

……

恩宏：这几天改行搞特种驾驶了。要学18米绕桩，60千米时速；7×6.5米两把方向原路进出；湿滑路面刹车转3圈；100米5个转弯原路倒车。还有爆胎训练，或是车翻身了怎么安全爬出来，涉水怎么开。爆胎，300块钱一个胎，车速不到80千米会前后胎一起爆。车翻身逃生要领是一手撑车顶，腿顶方向盘，另一手慢慢解保险带，防止颈椎受伤，往副驾驶室爬出去。

……

程玲：@周敏，我们曾经同桌，记得你是个很爱干净的人，有一次学校劳动，挑粪给菜地施肥，我和你两人一组挑粪，你始终紧紧握住扁担的那一头，我这头是活动的……你懂的……我很乖很顺从你。

程玲：徐树林曾经坐在我前排，是个极憨厚、脾气极好的男生，数学特别好。我遇到做不出的题目，就用笔戳一下他的背，他立马转过身来，耐心讲解，有问必答，不厌其烦。让我记住他的，还有军训的事。一次军训走正步，徐树林被教官点名出来单独示范，大概太紧张了，他手脚同向同步，即出右脚甩右手，出左脚甩左手，引得大家笑弯腰，越笑

他越改不过来，这样来来回回走了好多遍，现在想起来都忍俊不禁。

……

恩宏：这些都是给大家笑笑的，但有个老太太的事倒是真的。她住四楼老是忘带钥匙，出门一锁就打 110。是到公用电话打的，民警去了看看不高，就帮她从三楼半爬进去开了门。一而再，再而三，民警不耐烦了，叫了开锁人员上门服务，要收 30 元。这是专业工作，一般在紧急情况下民警可以帮忙开，但不是民警职责范围，民警不爬了。当然，家里没开着煤气。民警联系了老太太的家属，家属不肯回来，说请假要扣钱。老太太就生生在门口等到家属下班，从此以后她再也没有忘带钥匙过了。

……

冬妮：大家还记得黄洵燕老师吗？老穿一双布鞋，有一次在操场边把男生踢到脚边的球飞起一脚，结果……鞋飞了出去。

程玲：好人，但上课真不敢恭维，大家乱哄哄的，卢瑞宝老师打的基础在他这儿松动了。我最佩服卢老师了，要是现在的孩子能碰上这样的老师，减负不减责就太好了。我对他的评价：百年一遇。

陆陆：说到基础，我们 1 班的体育基础比较一般，但却有绝对优势项目——年级的长跑男女冠军永远是我班的囊中之物。男生冠军是钱易人（我们叫他钱广），女生冠军是三好生陈洁。钱广同学今年参加了波士顿马拉松并完赛，钱广好样的！说到这里，要批评周敏同学，说好了的，却没有去加油。下回回来写检讨书，交教导处卢瑞宝老师。记得那时我们每年除了运动会，还会举行公路越野赛。记得当时比赛，男队比女队先出发，也许三分钟，也许五分钟。钱广当然一骑绝尘，迅速就不见踪影。我大概可以跑到二十名以内。其实跑下来虽然累，也还好，毕竟年轻么。真正的考验在回到文三街的最后一段路。那时极限已过，所以最佳选择是匀速前进直到终点，然而这时迟那时快，就在我喘着粗气，以沉重的步伐奔向大门时，身后陈洁迈着轻快的步伐来了。那时，大多数女生跑步的姿势常常引起男生嘲笑，但洁女侠的跑姿显然不在此列。小鹿纯子是一个不错的比方。但在我眼中，洁女侠的跑姿比小鹿纯子更轻盈，更放松……可是，作为一个小小男子汉，我岂能让小鹿纯子超越！洁女侠的出现，使最后几百米的空气平添紧张，我不得不对沉重的脚步做出加把劲的指令……精神的力量是无穷的，这时，我想起了董存瑞，想起了黄继光……我记性不好，不太记得小鹿纯子最后是不是超越了我。总之，现在想起来心中还是相当地佩服，你看，每次都晚出发，但小鹿纯子放在男生中至少也是前二十名。其实我以前不喜欢长跑，但背后有小鹿纯子在追，这动力不是一般的大……现在去毅行，若半路有松懈，我还会想起董存瑞，想起黄继光，想起洁女侠……

陈洁：今天老感觉耳朵发烫，脚底痒痒，真希望出去能再像小鹿纯子那般奔跑……可惜马上又要开会了。跑步是我最喜欢的运动之一，超越极限后越来越放松，感谢陆陆和珍珍的成全。期待兰兰回来后我们一起参加登山运动。

珍珍：每年纪念毛主席生日而进行的越野长跑，我班女生总是囊括前三名：冠军陈洁，亚军程荣珍，季军王璇。初一如此，初二扩招四个班后，我就消失了！——对手太强大！

……

程玲：我再说说我的同桌詹小梅。说到詹小梅，还得提到程荣珍，为后面的故事做铺垫。这两个女生擅长跳舞，下次同学聚会，大家别放过她们，一定要让她们展示一下优美的舞姿。詹小梅为人热情，很好相处，她不仅能歌善舞，而且能言善辩，说话绘声绘色、声情并茂的，很多时候我都听得一愣一愣的，有一次我是被她彻底嚎倒了。学军中学一直有对外交流活动，经常有老外来校参观。每次老外来，班里两位花仙——小梅、珍珍就要去给老外表演舞蹈，然后会有小奖品犒劳，比如铅笔，可不是 made in China，是 American，是吗，珍珍？

珍珍：是滴，圆珠笔、漂亮发夹、纪念章什么的……

是的。那时中国还没改革开放，见老外少，能得到洋品更是稀奇，小梅每次都要给我看，真是羡慕不已，自己咋就不会跳呢，不过慢慢地我也算见过世面适应了。可是后来有一次她跳舞回来第二天很神秘地和我说，这次奖励了一个收音机，很小，声音很响，前一天晚上全家人围着收音机听。别提这收音机有多好了。那描绘的样子，我当时眼睛一定瞪得很大，口水有无流下则忘了。我说让我看看，她说她带来了，就在裤兜里，然后两手按住裤兜，鼓鼓的，是有东西。我确信那是迷你收音机，但到底外国迷你收音机长啥样呢，我实在好奇想看。她说现在不能看要下课看。好不容易挨到下课(这节课我压根就没听，心思全在那迷你洋货上)，她又让我猜是啥样的，我猜了半天，她都说："No！"

总之她使着招儿没让我看成，就这样，这迷你收音机愣让我想了好久，毕业后也偶尔想起。现在想来也许压根就没那收音机，用现在的词说那叫忽悠，珍珍，等你来解这个迷。

她们和他们

高　艳｜初2高3

她们是我的姐妹，没有血缘关系的亲姐妹。都想不起来为什么会成为好友，不是一个小学考进来的，没有同过桌，却奇怪地成了最亲密、最长久的闺密。也许从那个少不更事的年纪就有预感，抑或是因为在一起时间太久远，沉淀了太多的相似。

我们是如此不同的个体，却总在对人对事的看法上出奇地一致，有着这个年纪看得透的风淡云轻，有着这个年纪放不下的牵牵挂挂。

他们是我的兄弟。在校园时总共也没说过几句话，更不是两小无猜的玩伴，却奇怪地拥有了与性别无关的友谊。无论分开多久，相聚时没有生疏没有隔阂，可以一起喝酒一起旅游，可以相互埋汰相互拥抱，就好像是娘家的兄弟一般亲切自然。

她们和他们中也许有个别是怀有特殊情意的，在那个懵懂又被管制的年代，一切还没来得及开始就已经结束。留在心底暖暖的，只是上下学偶然擦肩而过时小小的心悸，运动会上装作不经意的围观喝彩，值日时特意要求去擦玻璃窗，只是为了远远寻觅操场上隔壁班的那个身影。

留在心底有些愧疚的，是直到那个离别的夏天，才知道同一个名字的车站，有两个不同的方向。就像有些风景，错过就可能是永别。

很喜欢一句歌词：

> 如果我说出这个秘密
> 谁来收拾那些被破坏的友谊

在这个离别三十年的冬天，能够在岁月的深处遥望那些曾经的，也是永远的秘密，怀念我们因为留在昨日所以永驻的青春，或咫尺亲邻，或天涯知暖，却也是一种幸福。

她们和他们，我这一生永远相亲相爱的兄弟姐妹！

人们

蒋少聪｜初1高7

“学军”两字在今天对很多人来说很乏味，但对于我却是那么亲切、丰富。从学军小学到学军中学，学军伴随了我十一年半，和一群“学军人”共同度过了一生中最天真烂漫的日子。

离开杭州三十年，每次回家老爸老妈总要把我少年时代的朋友一个一个地过一遍，一次又一次地讲我们童年的趣事。陈琳、陈军、丁力、吴俭平、纪文芸、吴军、吴向群、陆陆、崔宇烽和王晓军……都是他们不离口的名字。这些都是我学军小学的同班同学，后又一起去了学军中学。每当他们提起这些名字，记忆就会带我回到学军时代。

小学时期，陈琳和丁力，可是班主任方老师的宠儿，是班里最早光荣地戴上红领巾的两位。那时丁力写名字，喜欢把“丁”字的那横写得一头翘起，一头挂下，像波浪似的。吴军、吴向群住我家楼上，那个年代房子拥挤，走廊里靠边都堆着各家杂物，这正好方便我们几个孩子躲猫猫儿。吴军调皮，一次我爸端着一大盆洗澡水从盥洗室出来，他摆出一个“大”字让我爸绕道走；向群老实，放学办小小班，便成了我欺负的对象。陈军从小就是个美女，能歌善舞。那时的女孩都扎两根羊角辫，小军却只扎一根辫子，上面还戴个橙色的蝴蝶结，有点“小资产阶级”。记得一次我俩去少年宫，拿回家的一毛钱车费换了三根白糖棒冰，边走边吃，不知走了多久才到家。俭平从小学起就是个学霸，这纪录一直保持到高中毕业。别看她学习好，就以为她弱不禁风，她还有一绝活，铁饼到她手中，就跟飞碟一样轻巧，一转飞出老远。文芸、王晓军和宇烽是半当中转学进来的，后来高中又同班。文芸能说会写，她作文里那两句排比句“镰刀在我的手下唰唰作响，麦子在我眼前成排倒下”，让一写作文就缺词的我羡慕不已。记忆中的宇烽永远细细高高，他是那时少有的独养儿子。据说考大学时，他父母舍不得他离开杭州，可是在1987年，他却又率先远离家乡，去北美留学了。记不清晓军是几年级转进来的，自打晓军来我班，老师们的中心就转移了，每次提他名字，都拖着长长的音“王——晓军”，让我们这些女生醋意大起。

在这帮少年学军人中，我和陆陆算是最有缘的了，从幼儿园到高中，我俩一直同班。陆陆从小擅长画画（他的诗人气质那时还没显露出来），爱看连环画。一次他居然上课时把我借给他的小人书拿出来看，结果书被老师没收了，要知道那书是从图书馆借来的。高中三年他和晓军坐我后面，那时候男生和女生不说话，不过早自习总能听见他俩琅琅的读书声。那时我衣服后背不时有几滴墨汁，想必是他俩的功劳。

初中时，在那幢古色古香的教学楼的一楼第一间，又结识了

一批新人。童晓磊是进中学后的第一位同桌，不知为啥大家都喊她“磊磊婆”。那时的童晓磊永远有一张笑眯眯的脸，时不时给我露一手，刚上初中她就会开根号。我的下一个同桌是周敏，烫过的头发扎成两个小球。家住拱宸桥的她，每天在我还没醒的时候就离家了，可见学军的魅力。初一念到一半的时候，班里来了一位新人——马清，高高的个儿，剪着齐耳的短发。因为她的到来，我不得不与同桌周敏分开，更重要的是，她的数学令我们所有人刮目相看。马清和我在高中毕业后，又一起去了同一所大学，她便成了我大学期间能用乡音交流的朋友。带着一对小酒窝的王瑾比我们小一岁，体育课她总排我前面，可是有一天，她突然发现自己已然比我高了，从那以后，我便始终占据排头，满心期待有一天自己也像王瑾那样蹿个，但终未如愿。直到高三唐炜分到我班，我才有机会“屈居第二”。陈洁、张蔚是我上下学路上的同伴，走在文三街上，从学军机器厂，到上宁桥，到学校，我们一路同行，相伴成长。最难忘的是陈洁的颜体毛笔字，刚劲有力，学校每每让她写了大字，去送给日本的友好学校，我也就能围在她身边，替她磨个墨。小名“豆豆”的张冬妮是我们初中 1 班的学习委员，她就像她的名字那样可爱温柔，写着一手秀丽的楷书。初二的一天，她悄悄地告诉我她有眼镜了，并让我试戴了一下。

我惊奇地发现，世界竟可以如此清晰。进学军初中的最大收获，是找回了我童年的伙伴卢士兰。青青、兰兰是我幼儿园的同学，进小学后，我们就失去了联系（那是一个没有微信的年代），是学军让我们故友重逢。初中时有各种各样的活动，印象最深的是那次歌咏比赛。俞平是我们班的指挥，唱的是那首《弹起我心爱的土琵琶》。尽管大家都在变声期，高音上不去，低音下不来，但我们班好像还是得了一个什么奖。

到了高中重新分班，又是一次排列组合，不少小学同班同学再一次重聚。当然在新造的群星楼里，我还很有幸地和一些不曾认识的人成为同窗。同桌文彦的文静，宗文的玲珑，蓟浙的聪慧，章玮运动会上矫健的身姿，张起的素描，田力的普通话，班长曹勇的范文，还有有杭的大头——都给我留下了深刻的印象。那时高中生活比较平淡，各科考试轮番夹攻，让我最盼望的是每天第二节课后的课间点心。大家站在朝南的长走廊里，一边聊天，一边吮吸着肉包子里的汤汁，什么高考、排名都放一边了。

高中毕业三十年了，每当有人在微信里贴上中国前百名高中排名的链接，我便会下意识地打开，然后在众多的高中名字中快速扫描，不为别的，只为寻找“学军”两个字。归根到底，我是个“学军人”，属于那一群。

我们俩

卢士青 | 初6高5　卢士兰 | 初1高8

我们俩，来到这个世界上前后相差一小时。在杭大子女十几对双胞胎中，算是十分相像的一对了。尽管我俩脾气性格有差异，但在彼此都不出声时，被叫错是家常便饭，小时候甚至连父母都会搞错。记得青青小时候特会玩，经常跑着跑着就摔跤摔破裤子，而我们俩有时也经常会穿错衣裤，青青照样在另一条裤子上摔破个洞，结果大家都以为双胞胎摔跤也是摔一样的地方，其实摔破裤子都是青青一个人所为。还记得去保俶塔小学报名上学时，青青不知跑哪儿去了，我俩没有一起登记，稍后青青再去报名时，老师就分外疑惑：干吗要重复报名？等弄清我们俩是双胞胎，感叹说："真是长得太像了，两人不能放在一个班。"

虽然从此都不曾在一个班里上课，但是，老师和同学还是经常会搞不清我们谁是青青，谁是兰兰，这现象一直持续到现在。

我们俩从小就形影不离，一起上幼儿园，一起上小学。可到了考中学的那年，命运却将我们俩分开了。记得那是杭城第一次有了重点中学、非重点中学之分，第一次实施了全市小学升初中的升学考试。要说当时在小学里，我们俩的成绩比较起来，保小的老师们都看好青青，认为她几乎十拿九稳。但是结果出乎大家意料，我考上了学军中学，青青却落榜了。那一年，我的心里一直有微妙的不安感觉，早晨一起背着书包去上学，却是走向不同

的方向。这一次变故影响深远，一直延续到我们俩之后不同的成长轨迹中。中学和小学的教学有那么多不同，我一直为青青担心。直到第二年，青青重新考上学军，通知到手，我才放了心。我们终于又可以在同一个学校上学了。

学军1984届赶上了好多政策变化。小学从春季改秋季，考试升初中也从我们这届开始。青青就留在小学读了一年“戴帽初中”，初二才来学军。等到上高中，本来还可选择两年制还是三年制。7班、8班是两年制的，其他班是三年制的。可到了高二，两年制又被取消，加上文理科分班，文科与外语的分班，同学间调来调去，各种组合插花似的。尽管这么多变，我和青青却始终不同班。屈指算来，和我俩都同过班的1984届同学不多，20人左右。他们中间也有人至今都没有搞清楚青青和兰兰。

在学军的老师中，也有不少老师同时教过我们俩，其中赵梅芳老师不仅教过我和青青的物理，还是青青的初中班主任，是我的高中班主任。更有趣的是赵老师自己也是双胞胎，而且她们的双胞胎长得比我们更像。因为赵老师做过我们俩的班主任，自然和我们特别熟，加上她自身的双胞胎因素，虽然我们俩的成绩在1984届里不算那么优秀，但她对我们俩都很好。

我们俩不同班，但与姓方的老师很有缘。记得我高一4班时的方企铭老师是教历史的，一个对学生很和蔼、宽容的老师。有一次不知道什么原因，方老师批评我，我跟他狡辩说，宁可今后不要表扬我，我也不喜欢听批评。方老师就大笑起来，我也不好意思地笑了。青青的高中班主任方雯天老师，是教英语的。青青和方老师情同母女。青青会玩也是个孩子王，放假的时候会去方老师家和她家两个年龄小我们很多的顽皮儿子踢足球。方老师就说青青和孩子一起玩有套路，建议她长大后去做老师，后来因为青青一直喜欢画画有意做建筑师，所以没有选择教育的职业。但三十年来青青和方老师一直保持着亲密的联系，不管是工作还是结婚生子，都会和方老师联系交流，有空还会去看方老师，每年的节日都会发短信问候。

其实我们俩的性格差别蛮大的，青青一直是很喜欢运动，大约在20世纪80年代初的时候她还疯狂地喜欢上了踢足球，这在我们家绝对算是另类的一个。她常常放学后不马上回家，和魏红、潘伟、马燕君等几个女生一起在学军的操场上踢足球踢到很晚才回家，一双球鞋也穿不了几天就脏兮兮了。还常常兴致盎然地和我说起古广明、容志行、赵达裕、李富胜等足球运动员的名字，可惜我对足球真是一点兴趣也没有，无法和她在这个话题上深聊让她好生失望，这也是我们俩爱好中区别最大的一个了。而我是

喜欢静静地在家画山水画。当时，我迷上了国画，常常利用周末休息日去浙江展览馆、浙江美院、西泠印社看画展，逛书店买画画的书回家临摹。幸运的是，我们的父母亲对我们俩的爱好都是十分包容的，一直让我们俩随心发展。

因为我们俩有一些兴趣上的差异，所以我们俩的发型、服装穿着的差异也逐渐明显了，但是被认错的几率还是一样的高。记得上大学的时候，平时我在南京读书，青青在杭州读书，学军的老同学们一般都知道，在杭州看到的飞一般骑车飘过的一定是青青。青青喜交朋友所以各路朋友很多，往往到了寒暑假，我走在路上常常被莫名地喊成“青青”，因为喊人的都不是我熟悉的人自然也就不理睬，结果青青就被朋友们戏称“假期失忆症”。

父亲给我们俩取名青青、兰兰，是源于荀子《劝学》中的典故“青出于蓝而胜于蓝”，但我们俩出生报户口的时候被弄错了，所以姐姐变成青青，妹妹变成了兰兰。青青是姐姐，性格外向好动，活泼干练，而我则比较喜静，但是个人的兴趣爱好却同样非常广泛，姐妹俩几乎无话不谈，话题也是海阔天空。青青的穿着打扮就像她的性格一样中性硬朗，短发利落，说话也是语速极快。而我是偏爱花花草草，衣着发型是标准的女生样，说话比较温婉。后来因为我们俩职业和生活成长的城市不一样，这样的

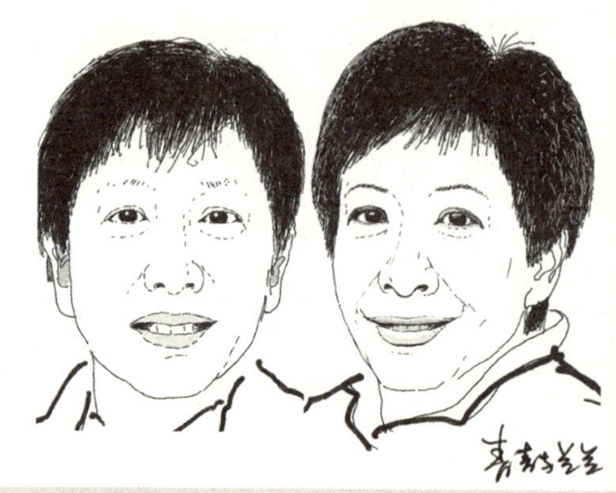

差别一直到工作也没有改变过。青青继续她的女汉子风格，在钢筋混凝土行业叱咤风云。而我从大学开始到现在，一直在IT行业，对日新月异的各种新技术乐此不疲。

毕业后学军 1984 届有过好多次大大小小的同学会，而我去了日本留学和工作，每年回国的时间都不长，能参加的同学会不多。因为有了个双胞胎的姐姐，基本都是由青青代我参加。托青青的福，我虽不在国内，却能时刻了解到同学的信息和感受到同学之间纯真的友情。现在信息网络很方便，学军 1984 届有了微信群，同学间的联系和交流也愈加密切，虽然我身在异国他乡，也不再感到孤单和冷寂，好像感觉大家从未远离过。

作为双胞胎的妹妹，有个年龄相同、朋友很多的姐姐，我分享的是双倍的快乐，分担的是一半的担忧。想想也是，三十年前我们在学军相遇，豆蔻年华，纯真简单；三十年过去，我们将近知命之年，也有了岁月的历练。可回想起同窗共读的六年，总有挥之不去的亲情。很期待每次欢聚，每次欢笑，共同重温美好的青春！

在回忆中

曹　勇｜初2高7

记忆中，当年学军的老师，出了校门都能算一号人物，如官榜上赫赫有名的王蛟校长（后升任区教育局长），如专司操场晨训的教务长卢瑞宝大人，如外语教研室的才子佳人，如杭大话剧社的先锋娜拉……这多少与学军得天独厚的位置有关：跟杭大一路之隔，使得人才北门出，学军南门进。有幸直接聆听教诲的，有初中班主任刘国钧老师，有扎两根扫把辫子可爱的琚璐萍老师，有待学生如亲生孩子般走心的赵梅芳和周兰娟老师，还有教书育人一丝不苟的高中班主任贺元泰老师……出色的教职员工，如灿夜繁星，不胜枚举。就连传达室的师傅，也只需眼皮子一抬，就可令我们一干调皮学生进门之时整顿脸色，赶紧瞄一眼校徽是否忘了别在前襟。

与老师的缘分，各人自有形形色色的记忆和感受，泛泛说感恩无尽，不免流于肉麻。只拣点给我特殊记忆和印象的二三“先生”说说。

言至“先生”，在这个时代，华堂之上，女性中，大概只有如杨绛这样的大家，会被人如此尊称。学军女教师里，于我个人而言，却有一位不折不扣的君子，堪称“先生”的人——邱志权老师。邱老师不高，身体单薄，还有咳嗽的毛病，但是上课站姿挺拔，总喜欢一只手插在裤兜，一只手挥舞粉笔，在黑板前侃侃而谈。一种天生风骨不假雕饰的味道，现在仍在眼前。和她的交流，像是在和一本好书遇见，很美好。到今天，变成了一段无声的记忆。待我工作之后，世道变幻，一直听说老师还是住在原先的居所，好静，不喜欢迎来送往，故有幸与邱老师再次相聚，已是三十多年后。老师一如既往淡泊君子的模样，不感慨岁月，不叹世故人情，言谈间关心别人，却没怎么提及自己。殊不知她当时已得悉自己重病确诊。没多久，再见老师，已是在医院的病房里。说起来怕违拗老师从不愿惊动他人的脾气，我们都借口自己看病碰巧路过。病床前，我讷言拙舌，多数时间只是用眼睛在看着她，但我心里觉得，自己是将心灵之窗在对先生敞开……

先生，女夫子，不以年龄为界定，也不是因为与她有私塾过来的经历，是她的德行默默感化，自然而然地赋予她在我心中的这般称谓吧。

刘国钧老师，教政治。课上严肃认真，说到兴头上会不自觉地捋起袖子……记忆里总觉得他的两用衫大一号。多年后我回味起来，觉得课下那个眯着眼，散步子而来散步子而去，犹如哼着“我正在城楼观山景……”的，才是刘老师的真脾性，潇然洒脱，学军第一。记得一次班级活动在柳浪闻莺，我第一次踏上轮滑场，神经高度紧张，跌跌绊绊，一圈圈打转。惶恐之余，却发现刘老

师笑眯眯地趴在场边的栏杆上，耳闻他嘴里数数呢："曹勇啊，嘿嘿……一跤……两跤……嘿嘿……"大概数到三十多了吧……老师，俺记住了这个场景，一点不觉得无聊，是留在记忆中老师的一个鲜活印象，远胜于您老煞费心力教给我们的那一套政治经济学理论。

最具"争议"的先生，恐怕非王文元老师莫属了。坦白说，王老师不是个讨喜的老师，但绝对是会让你"犯贱"拼命去学好他的课而求其赞赏的一类。特立独行？谜一样的男人？在我们那个年龄，对他的好奇还只是停留在战战兢兢的阶段。学生中，被他的问题难住而被罚站晾在一边的想必不少，尤其女生，哭过的也有。换到现在，那时处于叛逆期的我们之中，该有人暗骂他BT了。记得我们的黑板报，每出一期新的，小组成员都会战战兢兢等到他上课的那一刻。他会不声不响地背手立在教室一半的过道上，不露声色地把从板书到插图都看完，直到上课铃响，开始评判"验收"。先生的赞扬是很难得的，批评也很辛辣到位。我猜他专业之外，对其他东西也是颇有涉猎和心得吧。弄到后来，我们的黑板报就好像一半是为他出的一样。我发现自己的英语课，也多少有些在他面前能够挺直腰板，获得赞许的"可怜"目的。

在某个光辉的日子，这个我事后觉得堪称孤独的中年男人，终于迎来了他大喜之时。记得老师的婚房，就在隔壁杭大生物系院中一幢老式的宿舍楼里，一室，也就十来个平方吧。正如我们大学时代的宿舍楼：厕所公用，甚至还没有公用厨房，在门口走廊上放个煤饼炉子，就算厨房了。但是床头却有一瓶当时非常稀罕的法国喷雾香水——一件如此小资的奢侈品，大概只有外语系毕业生才会送给爱人的吧。宇烽最是大胆，拿起香水瓶恣意喷洒，新郎官欲禁无奈，而后憨笑，这大概是我们终于在他面前放肆的唯一一回。多少年后，我依然会琢磨这个男人（与他老师的身份基本无关），为什么会在我的性格和兴趣成长中刻下较深的烙印？大概是忘不了那个简单年代里行为不凡的人吧。

师道尊严，本不该妄论师长前辈，或慈祥或威严，或淡然或激情，都令我获益匪浅。哲人爱默生说过："世界上主要的事业是培育人。"人书相通，薪尽火传。先生们传给我们最宝贵的不是知识，是德行、性情、态度……是谓个人魅力。当然，我的好先生未必是你的好先生。但我相信一点，成功的老师，除了让学生们感受到其个人魅力和学识水平，还会让学生热爱上他/她所授的那门学科，而不是仅仅以此作为谋生的手段。若你有此感觉，恭喜，你一定碰到过你生命中的好先生了。

伤逝

崔宇烽｜初2高7　纪文芸｜初4高7

吴晓辉、蔡笑今和我当时是杭大校内麻雀们的死敌。我们三人总是结伙扫荡校内的树林。碰到有些灵活的麻雀，我们是前追后堵。笨点不飞的，我们就三人等在树下轮流打弹弓，直到打下为止。当时这是我们最兴奋的事。我们三人里晓辉相对文静一点，我想他是比较喜欢独立思考的，不像我到处打哈哈。其实我是比较听话的，一般在家里是叫干啥就干啥的。晓辉可不是这样的，他有时候有些想法让我吃惊……

高中的时候，不知道他是怎么想的，说读书高考没意思，我么也就打个哈哈，这个读书当然没有整个下午在外面好玩。高中时皮弹弓是不怎么玩了，但踢上三四个小时足球还是非常过瘾的。这事说过就忘了。有一天碰到晓辉的妈妈，她叫我去跟晓辉谈谈，因为晓辉决定不再读书，以后高考也不参加了。

晓辉我是去见了，但他决心已定，我当然没有说服他。

不清楚晓辉后来有没有参加高考。去年和王怀宇、蔡笑今去看过他爸爸妈妈，好多事也没敢问。只是感伤晓辉的英年早逝，要是晓辉还健在，我们还可以再去打麻雀。

2014年11月1日于美国康州

我从小学四年级起，和吴晓辉同桌过两年。晓辉喜欢读福尔摩斯侦探记，数学、语文都很好，但是上课从来不积极举手发言，也不是班干部。他是属于那种不显山不露水的人物。可能因为我是新转学来的，所以老师派了吴晓辉这个比较沉着稳重的男孩和我同桌。不像班长吴剑平，整天和调皮捣蛋鬼同桌。

虽然吴晓辉上课从不主动发言，但他在课间还是会侃侃而谈的。有一次听他分析一件有关逻辑的事请，忽然觉得他非常聪明，令我刮目相看。

晓辉爸爸和我爸同在杭大物理系，还是同一个教研组的。两位父亲有一次还一同出差。当我得知他爸会一大早来我家叫上我爸一同出发时，就和妈妈说要早早醒来看晓辉爸长什么样。后来我贪睡醒不来，没见着。上学和晓辉说起，感觉他好像松了一口气。

我们那时上自习课估计经常开小差的。记得有一次自习，我对晓辉说我能够拗断他的某根铅笔。他不信，就打赌。我拿过笔来，一拗，没断，再拗，还没断。最后把整个人压上去，使出吃奶的劲，果然，“啪”的一声，真断了。当时觉得很好玩，两个人嘻嘻哈哈的，不过我还是一个劲地道歉，说明天赔。他说不用不用。后来我买了一根新铅笔赔他，他不肯要。现在只记得两人在那儿递过去推过来，不记得最后晓辉有没有收下。

小时候我锋芒毕露，和同学吵嘴打架，一点没有女孩子家的收敛。可是和晓辉没吵过打过，课桌也没画中线。晓辉的沉稳像一面镜子，照出我的浮躁，不知晓辉他有没有在我年少的性格上抹上一些含蓄。

2014 年 10 月 31 日于西雅图

第3章
来来往往

住校生

周丽萍｜初 7 高 5

站在岁月的深处回眸，恍然察觉我已离开学军三十年了。时间总在不经意间悄悄带走潜藏的回忆。静静回想，曾经在那度过五年美好时光，那时的学习、生活和同学们，已是我生命中不可泯灭的一部分。而我还住过一年校，多一段宿舍情缘。

已经记不清是什么原因，我得去住校。当年住校生活的点滴也已模糊。只记得寥寥几个名字：李宁、孟欣、江帆、范勤……每次聚会，靠同是住校生的叙述，让我重新脑补，对号入座，才点点滴滴地拼凑起曾经的那段住校生活。

印象中，宿舍在校园后面西北角，三层楼，旁边是跑道。女生住三楼，一大间，上下几排通铺，估计有三十床。我住在中间上铺，晚上就坐在上铺复习功课。四周除了偶尔的咳嗽声，再没有别的动静了。我总是看不进书，脑子里一片空白。无聊间向下俯视环顾，从纵横交错的木档细缝中，影影绰绰地看见同学们伏案学习，心里时常感叹她们怎么那么用功。晚间休息时，气氛才松下来。三三两两几个玩得来的同学，按今天的说法是闺密们几个，东一撮西一撮地开始欢声细语，还有窸窸窣窣吃东西的声音。时常会有麦乳精的香味，飘荡在整个宿舍，搅了一池宁静，想来我当时也肯定偷偷咽口水。后来听同学回忆，冲麦乳精的小土豪是马亚明。

我那时很内向、孤单，很羡慕她们能有伴一起说笑。因为是高考那一年，同学们都忙着最后冲刺，所以住校生活总是两点一线：教室——宿舍。每天的时间都被安排得死死的，除了做题目还是做题目，空气中永远弥漫着紧张而忙碌的气息。那段时间，生活很沉闷，也很无聊。

当时的同学里，有两位印象最深：一是陈叶，二是王纯。

陈叶，皮肤白白的，梳着两根小辫，嘴角上扬。性格大大咧咧，整天笑嘻嘻的，宿舍里总能听到她的声音。这个调皮姑娘却能拉小提琴，偶尔她会即兴表演一下。对于我们这些不懂音乐的人来说，具有无限的遐想和羡慕，我对音乐的朦胧向往可能就是从那时开始的吧。曾遇见她的父母来探望，站在宿舍一楼，她母亲戴着眼镜，烫着头发，皮肤白得耀眼，透露着女人特有的优雅与知性。一别多年，前几年同学会中遇见，陈叶瘦了点，但还是那样会侃。

王纯，学霸，成绩特好，听说是那年高考的前几名。也是白皮肤，中长头发，大大的眼睛，总含着一丝淡淡的忧伤。小小的身影，总是一个人进进出出，印象中从未有过笑容，也从未听见过她与谁讲话。宿舍晚自修，大部分同学从十一点开始洗刷刷，十二点基本已上床睡觉，王纯总是最后一个，差不多要到十二点

半，才会从座位上起身。今年 8 月份总算有机会再见，王纯穿着长裙，头发依旧是原来的样子，容貌也一点都没变。可是，那次见面完全颠覆了我对她的印象。记忆里从未有笑容的她，自始至终洋溢着自然的笑容，淡定、自信、从容、健谈，连眼角的细纹都感觉是笑容留下的痕迹。岁月可以如此改变一个人性格，或者那才是真正的她吧。

混混沌沌，日子就这么过着，回忆流失在时间里，剩下的片段，总是那么美好，那么值得留恋。噢，我 1984 届的同学们！

坐公交去上学

姚竞红 | 初3高6

离开学军三十年了，一切都仿佛在眼前。每次看到19楼上杭州各中学名次的争论，我内心总在说：母校是最好的。

学军的老师严格又敬业。文真真老师是我初一的班主任。我从一个普通的小学来到学军，心里有点恐慌。从小几乎没有离开家里附近，感觉文三街上宁桥就是很遥远的地方；加上小学同班级进入学军的就我一人，不像学军小学、保俶塔小学等有大批的老同学在一起，有点孤独，自信心不强。但文老师给了我机会，她微笑的神态我现在还记得。

第一天选班干部，她让我做生活委员，虽说我没想当什么，可在这个新集体，被班主任这么信任，我受到了极大的鼓励，也很快适应了中学生活。这个生活委员，我一做就是三年。每月一次给同学买饭菜票，这可是个大任务。除了钱，还有豆腐票、油票、粮票，很烦琐。其实我对钱一点没概念，每次都是忙忙乱乱把同学上交的钱与票塞一抽屉，乱糟糟的，集齐了缴去财务科，买了饭菜票回来，再发给同学。好在三年下来，没出过差错。每天上午第二节下课，要去拿点心回来，分发给同学，放学后还要和卫生委员唐炜一起检查值日卫生。生活委员真的是很辛苦的一个职位，初中毕业后，我再也不干了。但就是这个辛苦的职务，给了我自信心，让我很快地融入了新的集体。邱志权老师和我最

有缘，教了我初中、高中六年语文。她上课时眼神很犀利，哪位同学做小动作、开小差都逃不过，但是她给每个同学的机会都是一样的，很公平，是我钦佩的老师。我现在自己也当了老师，常想起她。

回想中学时代，生活单纯又充实。每天六点半从家步行十五分钟到长征桥，坐1路公交到沈塘桥，转10路到下宁桥，然后进校，差不多要花一个小时，经常还不够。那时的公交车是真挤，用水泄不通、前胸贴后背形容一点不为过。有时10路挤不上，就只能走到校。家里住得远，公交不正常，经常会迟到；等我到校时，同学们都已在早自修了。初中、高中的班主任从没因为迟到批评过我，老师们很宽容，并不是简单用制度来约束，现在想来心里还是暖暖的。从12岁进学军，坐了六年公交，认识了一帮一同坐车的其他班同学：程敏、王永芳、张毅敏、周敏、林少莉等。所以，虽然初中、高中只读了两个班，但全年级的女生多少都熟一些。坐公交上学绝对锻炼人，现在的小孩，从小学一年级直到高中都是父母开车接送，怎么会有我们这样的体验呢？

学生时代的娱乐简单、快乐。初中时，陈叶、马亚明、李虹和我四人最要好，用现在话说是闺密。陈叶和马亚明住九溪，路程比我更远。她俩从九溪坐4路到平海路，换10路到学校，路途远，也见识广，是我们娱乐的领头羊。我们会在周六下午一起去平海路西湖电影院看电影，一毛两分一场，边看边聊天。也会一起逛书店，她俩经常会买小说，我就借来看。初中毕业时，我们一起去马亚明家玩，她妈妈给我们准备了包好的饺子，把家留给我们，任我们一起疯，那时这么开明的家长真不多。我们一起在九溪的溪水沟蹚水玩，看云雾缭绕，真是终生难忘。

学生时代的友谊朴实、真诚。胡亦红、王毅和我都坐在教室前一二排，地理位置近，自然成了好朋友。课间我们经常一起在走廊里聊天、玩笑。王毅高二来我们班，她家住在学军边上的教育学院里。教育学院的大门很特别，平时总也不开，只留着一个很小的门进出，到现在我还能记得。朋友间难免有小摩擦。三个在一起，偶尔会不平衡；有次不知道什么原因，我觉得胡亦红和王毅特别好，把我孤立了，就生气不理她们。胡亦红就拿老家的炒米糕给我吃，我仍别扭着不搭理人，亦红急哭了，我才终于回心转意。现在想来，真够傻够天真，这样的友情，除了学生时代，再也不会有了。胡亦红你还记得吗？

那时的生活没现在这么多的选择、这么多的诱惑，好好读书就是唯一的任务。没见有同学厌学，也没特别强调素质教育，大家都身心健康地长大了。考试也多，考前我们会认真复习，没啥

参考资料，只是把平时作业的错误再捋一遍，按现在的说法就是纠错本，自己做做总结，同学相互帮助；不像现在，有做不完的复习题册。高中 6 班教室在群星楼四楼西面第一间，在西头角落有个小杂物间，旁边有个小楼梯，前面有一小块空地，刚好能把桌子搬过去，安静、独立。我和姚嬅是搭档，好高兴找到这个好地方，自习课时，常搬去那里复习。期中、期末考试，那可是全身心投入。每次考完，陈琳、苏群和我，就会一起从学校沿着文三街回家，苏群、陈琳到家了，我再到沈塘桥坐车。一路上我们会对答案，答案一致时开心，答案不同就会担心后悔。文三街上，留下了我们热爱学习的踪迹。

每年高考，看到家长们在考场附近租宾馆、定餐馆，不上班全程陪同，心里有点嫉妒，也觉得有点不可思议。我们高考时可没这么夸张，考场就是自己学校，这点上重点高中占了主场之利。高考前在家复习三天，最后一天来学校认一下具体的考试教室。考试那天，还是和平时一样，自己坐公交，只是提前点出发，确保不迟到，哪有现在的家长私家车接送、全市交警维护交通、建筑工地停工这样的声势。7 月 7、8、9 日三天酷热，气温有三十七八度，考场内连电风扇也没有，学校搬来了大冰块，放在室内降温。我准备了风油精、打湿的小毛巾。这样的环境，考试不仅比智力，也在比体力。高考期间，学校食堂没中餐，第一天我带着饭盒来考场，中午在阶梯教室休息；第二天、第三天，胡亦红请我去她家吃中饭。她家在文二街商学院宿舍，爸妈是商学院老师，在家烧中饭招待我。每年的高考我就会想起胡亦红的爸妈，感谢并祝福二老健康长寿。

中学的点点滴滴是难忘的、美好的，那是我们逝去的青春，学军给了我们好的机会、好的教育、好的成长。作为学军人，感谢母校，祝福母校！

油菜花

张冬妮｜初1高8

记得从保小考入学军，每天走路上学。先翻道古桥，从杭大南门进，穿过几栋教学楼，再是几栋大学生的宿舍楼，拐弯出杭大小北门，踏过一段几分钟的泥路，最后就到了文三街上的学军。

这条路，一走就是六年。每天上学放学，没有汽车，少有自行车，背着不那么重的书包，几十分钟的路上，有多少挥之不去的青涩美好回忆。

从小在杭大校园里长大，那里没什么能引起一个十几岁孩子的兴趣，但出了小后门那一片油菜花地，可是我每天的惊喜和快乐。春天来时，油菜花会开，大片大片的金黄。油菜的花不大，四枚花瓣，典型的十字花科，但每枝上都有十几朵。浓绿色的叶子在枝干的下部，放眼望去，只有密密的花骨朵和细细的茎，那种柔柔的金黄和嫩嫩的绿，能把小孩的心看醉。春天的晨光中，花瓣上的露珠闪着晶莹，淡淡的菜花香夹着泥土的清新。早起的我们，每天会带着那欢喜走进校门，又让这片金黄在夕阳中扫走我们一天的疲惫。走在路上的孩子，三三两两，谈论着学校的八卦，讨论着作业，夹杂着评议些国际和国家大事，偶尔还闹些小别扭，一前一后地走，心里泛着小小的酸楚。

回忆里还有件特有趣的事。那时的中学生很保守，到了初春，班上的女生是谁都不肯先脱下那身布衣棉袄的。看见大学宿舍里那一两个爱美的女生早就开始穿上裙子，我们这些小女生总是表示不屑与鄙视。但是，只要班上有一个女孩先勇敢地脱下了冬装，那第二天，一下子全班一半的老棉袄都不见了。那些青春的悸动，是想藏也藏不住的。

离学校最近的公园是黄龙洞，那里的千杆翠竹，大概最是见证了学军孩子们的欢乐青春。碧绿青竹，白沙泉清凉的水，奇异的方竹园，山不在高、有龙则灵的水瀑布，滴水石洞，等等。没有数学物理题的困扰，也没有电脑、手机的存在，初阳台，栖息岭，紫云洞，保俶塔，到处都可驻足、嬉戏、散心。满眼的竹，满山的清新，被学军的孩子们尽情呼吸和享受着。

时隔三十年，在墨尔本，时不时还能在家边的绿地公园看到些油菜花，没有成片的金黄，只是丛丛点缀在山间。而那翠竹千杆的美景就不敢奢望了，偶尔从某家门前经过，看见几丛竹叶探出篱笆，那份欣喜，瞬间撩起思乡的情怀。想念杭州，想念在学军的日子，想念学军的老师和同学们。

2014 年 10 月 2 日于墨尔本多佛乐街 86 号

雪绒花

纪文芸｜初 4 高 7

我初中三年都在 4 班。杨宁远，语文老师。那时刚来，是个新出炉的大学毕业生。高高的身材，英俊的脸庞，做了我们 4 班三年班主任。我敢打赌，他是全班女生的偶像，全班男生的榜样。

老师上课爱脸红，高兴了会红，生气了更红，还脖子粗。我喜欢看老师高兴时的脸红，不爱看他生气时的脸红脖子粗。心里总怪那些不听话的男生，他们知不知道老师生起气来不好看的！

老师授课兢兢业业，还是我们古文的启蒙老师。我在此前从未见过古文，老师让我对古文产生了浓厚的兴趣。初一第一学期除了学《郑人买履》和《刻舟求剑》外，还有《狼三者》。有一天，课堂里来了好多听课观摩的人，老师叫我站起来翻译《狼三者》。好在前一堂课我已经在课本里加注了生词的意思，所以能顺着注解一路往下翻。当翻到"只露尻尾"时，我心往下一沉，心想这下完了，要被人笑话了。这杨老师，干吗叫女生来翻这段，害我要在大庭广众之下说"屁股"二字！那个年代保守，这词出自女孩之口，绝对会惊骇四座的。可是没办法，我只好硬着头皮翻成"只露出屁股和尾巴"。果然，教室里调皮捣蛋的同学在那儿窃窃私笑。老师马上止住大家的笑，说我"翻得很好，继续"。我这才有惊无险地翻完了课文。课后几个观摩老师还特意到我桌边来跟我说话，让我得意了好几天。

老师会在课上读同学写的好文，汪坪的《生病好吗》，朱玮的《一球喜见赤子之心》，我的《给冬天落叶的树》，记忆犹新。杨老师读范文时得意洋洋，偶而还点评几下，好像读的不是 13 岁小孩的习作，而是先秦诸子的不朽之作，像极了鲁迅写的三味书屋里的寿先生：书读到得意处，把头拗过去，拗过去。老师还很有心，常给我们加些额外读物，比如朱自清的《背影》，白居易的诗《买花》和《观刈麦》。那时背下的诗到现在都不会忘。本地台湾餐馆有种面食叫刈包，人人都错念成刮包，我就和人打赌，轻松赢了。感谢白居易和杨老师。

老师会把语文早自习空出来让我们练英语，在下午自习课时教我们打排球、跳绳。说到跳绳，他可以连着转两圈跳一下，告诉我们那样别人跳一下我们已经跳两下了，一定赢。老师在教课和班级活动时，经常会观察每一个同学，捕捉各人性格中的弱点，然后着重磨炼培养你。我的性格弱点我就不说了，反正没少被叫到一边去谈话。这些都让人铭记在心，终生受益。

上老师的课，时时会有惊喜。有一次老师叫同学到黑板前写作业，叫了劳泓、我和吴剑平。我们三个排排站，可爱的杨老师大笔一挥，把我们的姓写在黑板上。刚落笔，本来静悄悄的教室突然变得吵吵嚷嚷的，原来我们的作业成了“捞鸡乌”！

快毕业时，我们八九个同学一起约了老师去郊游。顺着地址找到杨老师家，原来在西湖边宝石山的半山腰。大铁门里面居然是一座规模不小的旧式庭院，有东厢、西厢、天井，厨房在另一个小屋里。庭院里有小小的水池，池边长着含羞草，杨老师手指轻触，含羞草的叶子就收了起来。这是我第一次也是最后一次见到含羞草。后来每次看见类似的厥草，我就会用手去触，可惜都不是含羞草。这架势我们可从来没见过，等读了金庸小说，才恍然大悟，这座杨家院可不就是西湖梅庄的原型嘛！金庸年轻时一定去过，而杨老师住的房间似乎就是丹青生喝酒、练字、舞剑的地方。老师房间里最引人注目的是架手风琴，他还即兴给我们表演了一段。我们一个个试着摆弄，但根本抱不动，更拉不开。

直到现在，一直有同学提起初三时的全校英语歌咏比赛。4班的一曲《雪绒花》，在杨老师的领唱中，一举获得全校第一。

雪绒花，开在阿尔卑斯雪峰顶上的小花，就像中国天山上的雪莲，象征着勇敢和纯洁。而在初中4班，雪绒花还寄托着同学们对杨老师的拳拳之心。让我们相会时再一起高唱《雪绒花》吧。

"Edelweiss, Edelweiss, every morning you greet me...."

2014年11月10日于美国加州

莫干山

杜红卫｜初4高2

4月8日

4月9日是春游的日子，同学们早在3月里就决定去莫干山玩。这几天一下课，大家就聚在一起讨论，情绪非常高涨。袁玫、王卫红和我也准备好了游玩的方案，只盼着春假快些到来，我也很期待集体活动。

那天终于等到了。早上一到学校就听冯萍说车票没买到，我自然是失望得很，但得知可和她们一起坐船，到站后再由大家骑车带我们走，我便又来了兴致。第四节是化学课，陈老师像是故意跟我们过不去，下课铃声响过了他还拖课。结果我到家午饭吃得很匆忙，把前夜准备好的东西分放在两个包里，挎着一个，拎着另一个，直冲11路车站。

我急匆匆地赶到码头，见到了李虹、杨伟、张导文、孟欣和马艳君，可没有袁玫和王卫红的影子。我和大家闲聊着，一边等着其余的同学。正聊着，班长冯萍到了，她穿着件红色的上衣，我老远就看见了她。后来任强和于建华也到了，可直到船开了，也没等到袁玫和王卫红。

古运河污染得很厉害，船一离码头，就闻到了河水的恶臭，低头一看，那河水乌黑，便没了兴趣。我们在船上除了吃零食、看书，就是打牌，后来又讨论起谁骑车带谁。马艳君要任强带，李虹说她不会跳车，冯萍说她可以带我。船到岸后，事情变得复杂，先是不知往哪里走，然后天又下起了雨。我和李虹拼了一把小伞，身上都淋湿了，我便将一块塑料布披在身上，那样子想想也挺滑稽的。我们走了很久都没找到公路，一直走在一条泥泞小道上，很不好走。后来孟欣车上的东西掉了下来，大家一阵手忙脚乱。我把伞给了李虹，披着塑料布跟着跑，真狼狈。好不容易找到了去莫干山的公路，这时沈老师派来找我们的同学也到了。

在去武康的路上，已是傍晚时分，天下着毛毛雨，此时我的头发已湿透了，只把塑料布包在身上，不让包湿到。我觉得特别兴奋，像只出笼的小鸟，自由自在，我想同学们的心情应该是和我一样的，淋着雨一直走，也不觉得辛苦。公路左边，近处是连绵的田园，远处是起伏的山峦；右边是开满黄花的油菜地，偶尔有几处水塘，一切都在朦胧里。空气里夹杂着菜花的清香，真是令人心旷神怡。

不久到了武康，沈老师另派的几位同学已在那等我们了。这时天已黑透了，大家躲在一个棚子里，随便吃了些东西充饥。我太兴奋了，也不觉着饿，便站在一旁看风景。休息了一会儿，就得接着赶路。冯萍说她带不动我了，我便急着问谁可以带我，陶

勇强说他可以，后来的路就劳烦他了。

刚上路不久，就有三辆车撞在一起，车又掉了链，他们便停下来修车，让我们几个先走，说他们会赶上来。我们走了有一段路了，还不见他们，便停在路边等。这时天真黑，有点伸手不见五指。我们几个（陶勇强、任强、张导文、李虹、马艳君、冯峰，还有我）在黑暗里大声说笑，彼此又看不清对方的脸。等了一会便有些担心了，就原路折回去找他们。回到武康站时，他们刚修好车，便一起出发了。

经过一个岔路口，陶勇强见路旁有卖酒的，便一定要买。我们停下来等，这时一辆车开过来，差点撞到一辆自行车，男生们禁不住大叫起来，好险哪。

后面的行程，我们是摸黑走的，偶尔经过几处民房，才会见到星星灯光，就这样一路走，到目的地时已晚上九点多了。

晚上睡觉前，大家还都很兴奋，睡的是地铺，我们有的在竖蜻蜓，有的跟马艳君学鱼跃救球，隔壁的男生说我们是在相扑比赛，好不热闹。

4月9日

尽管昨晚睡得都很晚，但大家早上起得都很早，刷牙洗脸一阵忙。在早饭前，孟欣和我出去转了一圈。早上的空气真是新鲜，让人感到从未有过的舒畅。放眼望去，远处的山，近处的房，雨后的大自然，十分清新。因为时间的关系没走多远，我们就折回来了。

吃过早饭，大家便去登山了。我们几个女生走在前面，又说又笑，还唱着歌，好不开心。看到路边山壁上开着的映山红，煞是美丽，便忍不住要去采，可惜太高够不着，我和孟欣直叹息。没走多久，我便累了，慢慢地变成了垫底，而且和大家拉开了距离。为了赶上大家，冯萍、杨伟和我避开环山公路，抄小路攀竹而上，虽然有些滑，而且也没有路，只有紧抓住竹子，才不会摔倒，毕竟比走公路有趣，加上距离也短了，不多久，就听到上面同学们的呼叫。

莫干山的景区很分散，有观瀑亭、芦花荡、大华山、剑池。

在剑池那儿遇到袁玫和王卫红，她们是早上坐车来的。当袁玫叫我的一瞬间，我简直是惊呆了，冲动地抱住袁玫，连她都被我的举动吓了一跳。

玩过了所有景点，也拍了照，就准备下山了。俗话说上山容易下山难，此话一点不假。我们下山路走得算得上惊险了，路陡而且滑，两旁是小草加灌木丛，没有小树可抓，一不留神就会滑

下去。时不时会听到女生的尖叫，让人心惊胆战。到了最险的地方，都是由男生把女生一个个接下去的。说实话，当时我心里也是怕怕的，从没走过这样的山路，和杭州的山真不一样。

晚饭是在饭馆吃的。傍晚时又下起了雨。

吃完饭，我和袁玫、王卫红三人去山上采映山红，因天色已渐渐暗下来，我一边采，一边叫她俩不要再往上，但我自己也忍不住向上走。那些映山红真美啊，她们吸引着我们，我们多想拥有这些花啊，可惜太高，真遗憾！

4月10日

早上雨停了，可是天阴阴的。远处的山脉都被云雾环绕着，有一种虚幻的感觉。最后的时光了，心里突然有了一种失落，美好的时光终是短暂。

早饭后，骑车的同学和沈老师先走了，我看着他们离去，眼泪都快掉下来了，留下我们几个女生，袁玫、王卫红、马艳君、李虹、张导文、金红和我，感觉像失群的孤雁。任强把车借给了别的男生，也跟我们坐货车走，成为护花使者。听说货车在路上抛锚了，我们便有了时间，又去山上采花。任强也和我们一起，山壁高处的映山红都是他帮我们采到的。采完了花，车还没到，我们打了会牌，又拍了照，直到中午货车来了。坐在货堆上，觉着挺刺激的，一点也不害怕，大家一路说笑着，直到武康。金红、马艳君坐长途车回杭，我们其余几个没买到车票，只好去坐火车。

在火车站等了会，大家席地而坐，又玩起了扑克。我在一边观战，很开心。时间也过得很快。在回杭的火车上，大家谈得津津有味，我却看着窗外瞬间而过的田园风光发呆，心里有些空空的，已经开始怀念同学们在一起的快乐时光了，不禁想起了电影《乡村女教师》里的那首《学生》——

挺起了胸膛向前走，
天空，树木和沙洲，
崎岖的道路，
喂，让我们紧紧地拉着手。
露着胸膛，光着两只脚，
身上披着破棉袄，
向前看，别害臊，
前面是光明大道。
社会就是一所大学校，
我们要在不断地学习里，
努力去改造。

野猪林

王红兵｜高 8

打开微信，陆陆又在催文了。明日封稿，末了还加了一句："有点写点，我们也收残稿。"看来，都已定位为残稿了，再不交作业就矫情了。

晚间，静坐在桌前灯下，看着窗外的明月，让思绪慵懒地漫游着。昔日学军校园，简单，平和，却充满快乐。她是我们的加州旅馆，只有当你离开后，蓦然回首，才能品味到"You can check out any time you like, but you can never leave!"的真正含义。

想着学军，蒙太奇似的盘踞在脑海里最多的竟是野猪林（1984 届海内外同学的微信群）中过去一年多来林林总总的凡人轶事，里面有当年学军鲜为人知的故事，有学军人离校后丰富多彩的人生， 当然更少不了那些大大小小的"二代"。

这些片段，零乱粗糙，但随机感性，支离破碎，却如乱石铺街，绵绵不断……

草原上奔驰的野马，月光下白衣的"董小姐"。

本命年的红色 Undies。

兰兰和青青，two peas in a pod，三十年后我终于分清了她们谁是谁。

红色的高跟对阵黄色的榴梿。

父子情深之孟一刀和扛枪的小刀。

不一样的可爱，昱峰的小三和冬妮的 Mily。

金大班，Cheers and Go Believe!

中秋蛋黄村和万圣节聊斋幽魂。

穿衣显瘦、脱衣有肉、舞文弄墨的陆陆和他的 mine。

吕家大院的小姐们和等 51 路电车的女孩。

昔日的大排练成了土豪五花，人鱼线已模糊，但依然抢手。

巴黎地铁站内跨栏解燃眉之急的 W 大侠。

波，一个纯粹的人，一个性情中人，一个脱离不了低级趣味的人。

马院长给的药：Show me a sane man and I will cure him for you.

给马院长的药：Show me a tall, dark and handsome man and I will cure you for him.

当年站在门口，忐忑不安敲开丈母娘家大门的包子哥。

今日每天高调绕圈走的包子哥。哪儿有 Soccer Moms，哪儿就闪烁着那双扎眼的跑鞋。

茶叶蛋的天敌，一口气能吞噬七个的吃货（本以为举世无双，但林中居然有俩）。

竞猜世界杯：姜大头神机妙算拔头筹，小笼包力压群雄夺榜眼。

光头“总统”，他的 Kiwi 总理保镖和梦想中的学军农场。

潜伏？身系林外却若隐若现，单线联系的陶领导。

大妈 LA 驾车空翻特技秀，全身而退傲视好莱坞。

岗教授演绎现代励学篇：美女，佳肴，游天下。

妙笔生花，青出于蓝而胜于蓝之顾家小妹。

阳光，沙滩，海浪……北美同学 2014 年欢聚南加。

Hallelujah! 管它 LGRT 还是 LGBT。

且让我把这片刻流淌的思绪存入记忆的漂流瓶，轻轻送入时间的小溪。也许哪天当我们不经意打开它时，除了会心一笑外，心底那块最柔软的地方会被再次触动……

今朝的野猪林里，我们不再青涩，却依然年轻。同学们穿越时空，第二次握手，嬉笑自如，不胜人生一场醉。

2014 年 11 月 12 日于 Austin

师生之八卦往事

韩　炜 | 初7高1

我是在学军小学读了“戴帽初一”，1979年初二进的学军中学，到1984年夏毕业，13岁到17岁，文艺说法，是谓青葱岁月。

学军当年以严格、精进，学霸光荣、学渣苦逼著称，加上20世纪80年代特殊的文化过渡时期，那段青葱，实话说，没到愁云惨雾的程度，也绝非阳光灿烂的日子。然而，当时当日纵然烈日灼人，至今回想起来，则吉光片羽，皆金玉珠贝。

一、青春片之荷尔蒙

我6岁上的小学，加上晚熟，在班里总是最小，也懵懂。打架是没有什么机会的，运动会也只是当看客。

初中时候，与两个从“戴帽初一”一起过来的“基友”走得很近。一个是W君，现在整天往阿拉伯地区跑，一去四五个月，总怀疑他在那边有了二房、三房。另一个是本片主角，J君。发育早，那时总在我们面前炫耀他发达的肱二头肌。当年他肯定不知道炫耀得不是地方，因为我们并不是情窦初开的女生，看肱二头肌不至心跳加快。

J君现在是某银行分行行长，举止有度。那时的J君荷尔蒙旺盛，健壮豪放，运动会上更是如猛禽下山，爆发力了得。对漂亮女生，比我辈晚熟者更多一份蓬勃雅兴。某日，三人一起放学，

W 坐在自行车前杠，我身上挂着三个人的书包。当年的书包，分量大家是知道的，以至于我无奈之下只能像女生一样侧坐在自行车后凳。蹬车的自然是 J。在今天看来，三个大男生，坐在一辆自行车上在大街上晃荡，实在有点过于阳光灿烂。

灿烂就灿烂吧。可是突然有一身材窈窕的女生骑车掠过，超车而去。我在后座，还没看个明白。J 君已然瞥见，发一声吼，奋力蹬车，车便左右大摆。可怜我身单力薄，加上有三个初中生的大书包压仓，最要命的还是侧坐姿，一把就被掀了下来。是否受伤，至今已经想不起来。只记得在 W 的惊叫声中，J 一骑绝尘，追将上去。我像被一匹发情的公马掀下的骑手，沮丧而挫败，怀里兀自抱着三个沉重的书包……

这部短片如何结束，我也实在记不得了。

二、校园片之绰号

学军岁月，并非云淡风轻。好在那段时间，还没有后来十年独尊升学率的偏执。加上当年的一干老师，除了公对公的认真负责、严谨刚直之外，私下里各有风采，严中有慈，性情不遮。学生们，除了互相取了无数绰号，诸如“豆腐浆”“酱鸭儿”“肉包子”“老头儿”“老太婆”“钱广”“条儿”“黄鱼头”等，背后也喜欢给老师取一些诨名。

历史老师F，因为姓名谐音，我们背后叫他“方志敏”。瘦而高挑，上课时尤喜离开讲台，在学生课桌前站立，随讲课的节奏一颠一颠。尤为可爱者，是他的双手不停当，习惯摁在第一排学生的笔盒上，随机摆弄。某一学期，我也许是因为个子瘦小，也许是因为上课话多，被排到了第一排。被F老师摆弄笔盒摆弄得心烦意乱，乃出下策，在笔盒边缘抹了钢笔墨水。历史课来了，F老师照例板书完了，回归原位，一边颠着，双手便捏住我的笔盒一开一合，开合既毕，回身复又板书，粉笔已然成了蓝黑色。我正准备接受呵斥，未料F老师十分淡定，搓搓手，嘿嘿一笑，继续上课。从此改了讲课时掀动学生笔盒的陋习。

政治老师L君，面庞浑圆，体态丰润。每天像微醺一样，面色红润，眼镜片厚，笑靥中有酒窝存焉。枯燥的政治课在他笑靥如花的授课下便带了轻松谐趣的风味。根据我们这一代对《小兵张嘎》的熟悉，便给他取诨名叫“胖翻译”。

我的初中好基友W的班主任S老师，W总称他“穆铁柱”。因其身高，也因其神态严肃，不怒自威。W最怕他，因为每每“穆铁柱”见了他，总会问一句相同的话：“你生病了？总是病恹恹的，打起精神来！”W后来吐槽说那段时日几得忧郁症。

现在想来，给老师取绰号，总是不恭。但是再一想，也是一份亲切。以至于我后来做了七年大学教员，也无意中打探过有没有被学生取绰号。学生的地下工作做得总是很好，自然没探听出来，倒是辞职离开学校的时候，被几个学生拉去看一张课桌，课桌桌板上有人用墨水写了一句很暖心的话，说的是我。

不管用什么方式，有学生记得的老师，总是幸福的。

三、言情片之表白

高二分文理科。文科就分文科和外语班。两个班相邻，学生也自然混成相伴。

当时的爱情先驱者已然情窦初开，虽然跟现在的高中生比，纯属小巫。回想起来，也是蓬勃如离离原上草，鲜活如佻达彼岸花。W 君，白净内向，说话也会脸红，却偏偏令人惊诧地开了少年情窦，对班上某气质美女情有独钟。这在好友间已然是一个不是秘密的秘密了，单单不知对方是否有感。

也许是因为临近毕业，有一种再不告白我们就老了的感触。那一天，一帮男生聚在一起，有人挑事说，W 今天准备豁出去了，要去那女生家敲门。现在推敲起来，敲门作甚。敲门是否就是表白，那还是含糊的。但是在当年，那便需要有一个大策划、大谋略的。众人便打趣，便起哄，便怔忪。再看W，照例是内向颔首，不发一言，却分明能感受其内心是气干云霄、壮怀激烈的。于是乎，一干兄弟们做出了惊天地泣鬼神的决定，陪他一起去！

You Go, We Go! 20世纪80年代的少年们！

文静的W那天显示出来的勇气，现在想来，也令人血脉偾张。事成与否根本不重要，少年情致下的勇气和冲动，却好比是当今的无污染产品，稀罕无比。

正如所有真诚美好的言情片一样，那天的收场是可爱而狼狈的。女生的家在五楼还是几楼忘了，有没有死士陪着我也记不得了，而W君，确乎是上了楼，敲了门的。当然开门的是人家的母上大人！

一个落荒而逃的主角，一干隔岸观火的配角，一段遥远的时光，那日，夕阳如血，如泣如诉。

四、生活剧之先生之德

学军的老师，现在想来，都是师德浑厚的先生。

语文老师鲍宁，童养媳出身，离家投身革命队伍，辗转做了人民教师。这段传奇知之者不多。同学们现在回忆起来，经常说鲍老师当年对我宠爱有加。可惜我当年年少无知，也没有多少感

觉。毕业后倒是去探望过一次。那天鲍老师独自在家，神情疲惫。问候之下，鲍老师也语焉不详，只是问起她挂念的几个学生近况。我当时和现在一样，没多少出息，却多了吸烟的陋习。鲍老师听说，黯然地说了一句，抽烟也好的，老了不会得老年痴呆症。当时就愣了。然后我得知鲍老师夫君正陷入此症，令本来就多病体虚的鲍老师不胜其累，无限伤感。

之后我也出了一些不成器的作品，每有所得，都想给老师报个告。只是世事匆忙，终也没再聚会。说来奇怪，我毕业后从事的算是文艺评论创作。回想起来，对我的职业生涯影响最深的却是一个数学老师，数学老师沈钦国。

沈老师的数学课对我成人后的思维方式、行为素质都有质的影响。“因为”“所以”的三个点要用标准的倒三角和正三角形，但凡三个点点得不够正的，他都是批“×”；“等于”的符号两条短直线若是不够直，他也是批“×”，因为那会被误认为“约等于”。对这种数学符号的准强迫症习惯，起初是排斥的，后来却有种爱上了的感觉，让我感受到数学的精确之美，自然界的数学神奇。以后读书多了，见识了西方建筑的数学之美，昆虫的器官构造，乃至人脸的对称即美人之验证，简直就是豁然开朗，心中雀跃。

我高中后一直偏科，唯数学独好。沈老师的要求是，其他课你会被扣分，但是数学，扣分便是错误。你若学好了，哪里有扣分的空间。高三我考了一个学期的满分，包括毕业考。直至高考，那年考场是在我们学军中学。我少年意气，考了不足一小时就交卷出场。沈老师在走廊上，不动声色地问："满分？"我答："满分！"昂然而去。然而，结果永远是令人狼狈的。第一道选择题检查失误，扣 4 分。当年，文科生的我数学考试 116 分，别人看来已够自得，于我却是汗颜。对不住，我的沈老师！

扣分就是错误！到了后来写文章、教书，文章的标点、格式我也是强迫症似的要求自己，也要求弟子。到如今我以写影视剧本为生，也深得其中好处。剧本的构建，主角、配角的关系，起承转合的过渡，情绪层次的张弛，都与数学思维有关。苏联电影大师谢尔盖·爱森斯坦工程师出道，他导演的著名默片《战舰波将金号》便是以工程师的精准来建立镜头长度，摄影构图更是极具几何美感。其他文学创作我不知道，但是剧本创作，但凡小有所成者，都验证了这一规律，需要具备一定程度的艺术想象力和很高程度的数学思维、逻辑能力。

先生之德，微小却影响深远。毕业后若干年，沈老师已经任学军副校长，兼顾学校当时的校办工厂。听说沈夫人离世，大辫

子美女班长F约了我们几个一起去探，走进昏暗的教工宿舍。沈老师在陋室设了一个简朴的灵堂。以我们当时的涉世，也说不了太多节哀之类的场面话，只是陪着老师静坐。

那晚，讲课斩钉截铁、掷地有声的沈老师兀自喁喁细语，说夫人身体一向很好，家里的米，几十斤的米袋，都是她一个人背着上楼梯的，怎么说走就走了……住院之后，找过许多旧日学生，现在医术高深的大夫，可是发达的现代医学，为什么不能挽回一个坚强女人的生命……

一个半生要强的严师，在学生面前老泪纵横。

当年我等多未涉婚姻，未能深切体察夫妻之深爱、生离死别之厚殇。不记得何时起身告辞，留下先生一人独坐亡妻灵堂，哀毁骨立。默默出得学军宿舍边门，骑上自行车各散，夜凉如水。

2014年10月27日

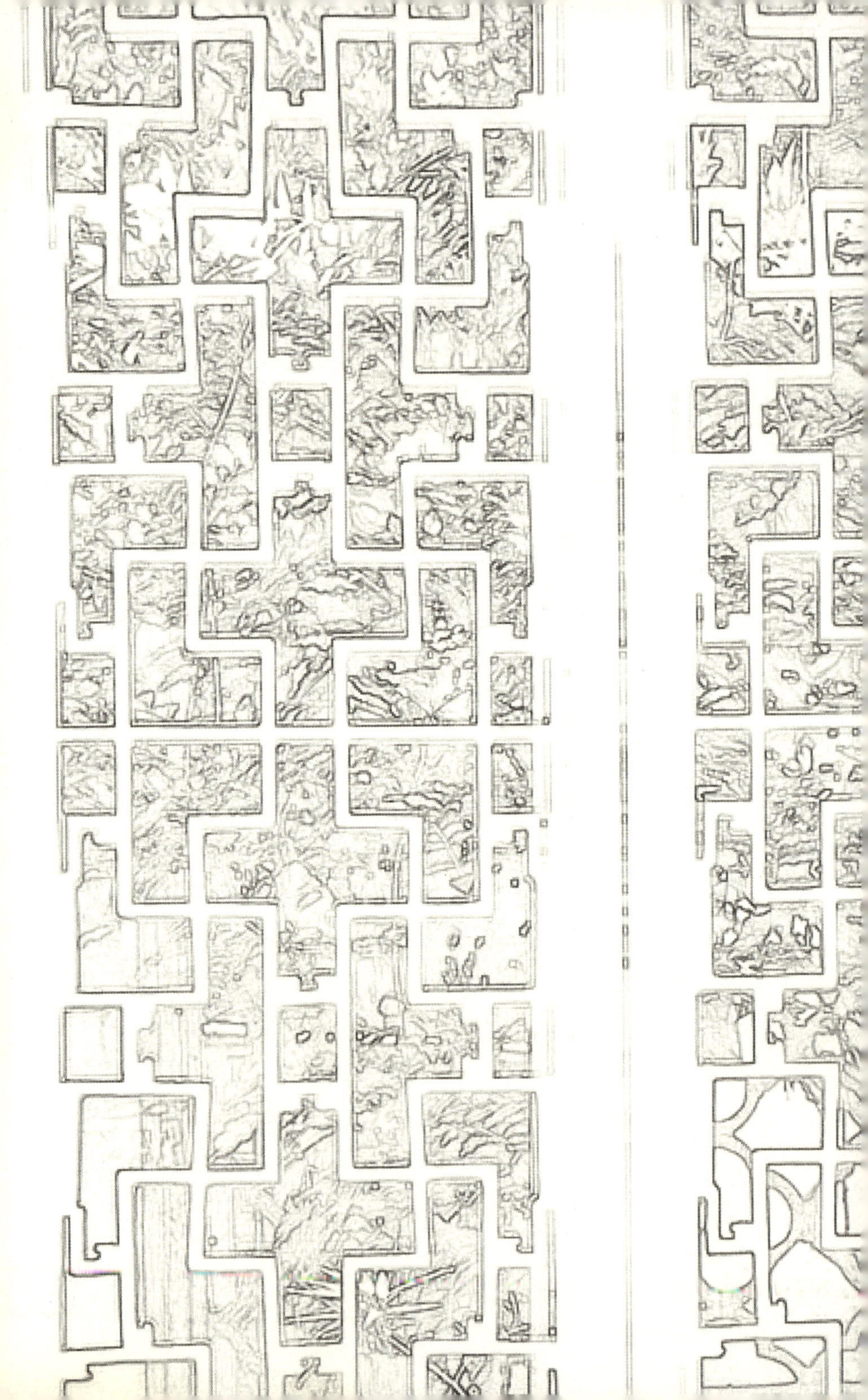

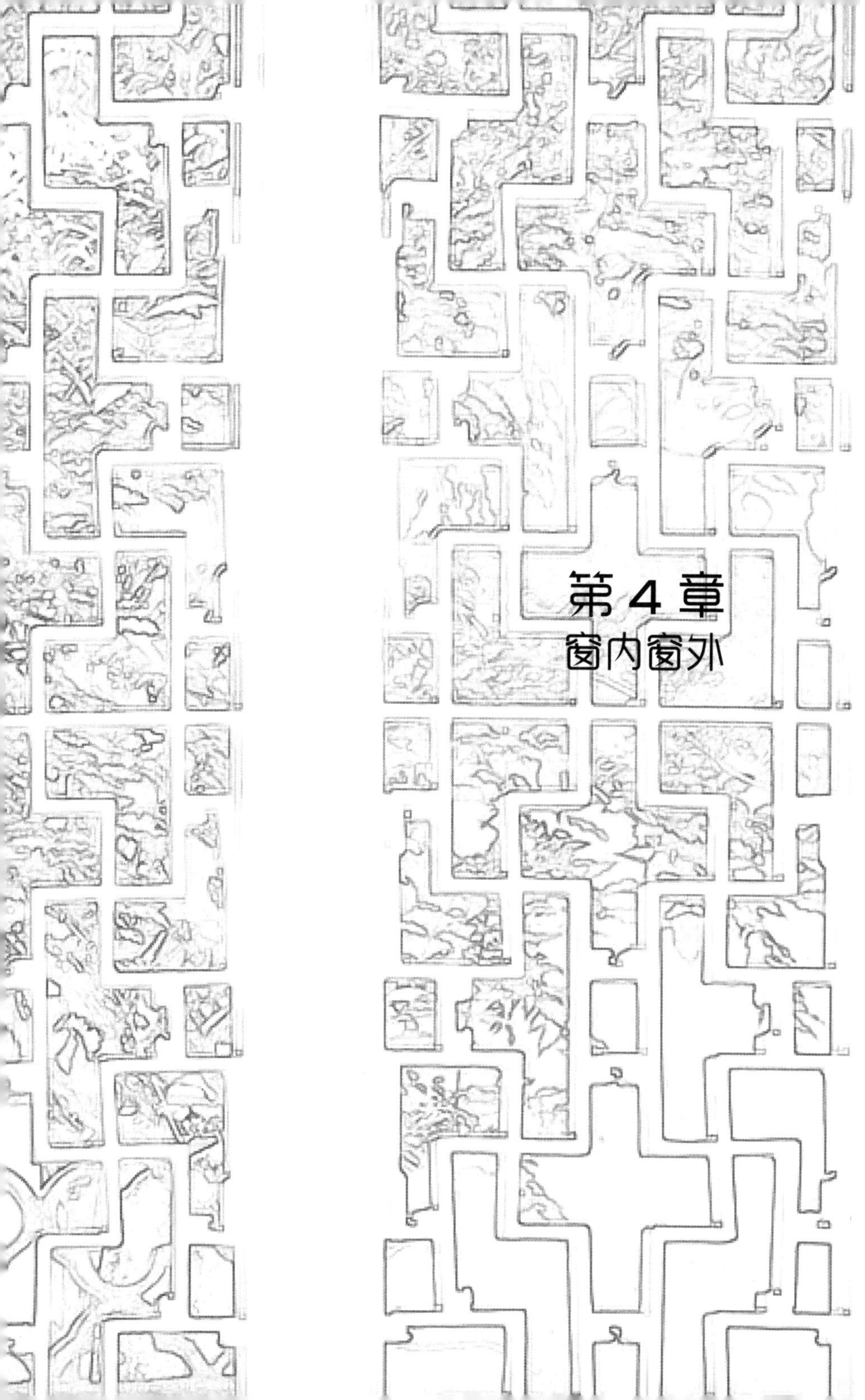

第 4 章
窗内窗外

窗内，窗外（外三首）

刘　翔｜初 2

窗内，窗外

窗内，我是一个沉默的男孩
窗内，我是全班最后挂上红领巾的孩子
窗外，是永恒的自然
窗外，盛开着我的少年时代

窗外，是比蝉声更高大的夏天
窗外，是比蟋蟀的弹琴更低矮的秋天
窗内，是惨白又昏暗的日光灯
窗内，是粉笔灰中的谆谆教导

窗内，好孩子们正踊跃发言
窗内，雄壮激昂的音乐从广播中响起
窗外，一只麻雀不知怎么飞不起来了
窗外，严冬让雪那么洁白

我记得一些人

我记得一些人
他们来到我记忆的光线下
可是难免有些模糊和变形
像老照片中发了黄的人物

这一个，向我走来
她是多么高傲而神气啊
像小鹿一样洋溢着只属于她的活力
这一个，长着圆脸
从向阳院的小屋来到三月的阳光下
脚下的橡皮筋和头上的羊角辫一起颤动
这一个，留着平头短发、双眼发亮
她庄重地骑在一辆半旧的自行车上
额前的刘海在轻轻荡漾
还有你，大眼睛的男孩
当你在语文课上念到“爱情”一词时
突然语调剧变，面色苍白，全身酥麻

还有那些一起玩弹子的伙伴
一起玩斗蟋蟀的伙伴
一起捡麻果的伙伴
还有那些一起在冬天
为学校的大白兔拔草的伙伴
我还记得你们冻得通红的小手
我记得所有那些
因为耽误了什么而一起挨批评的伙伴

那些迸涌出口腔的口号记不得了
那些攥紧在拳头里的誓言记不得了
今天，课本比会飞的云斑天牛离我更远
今天，我只记得一些细碎的影子
影子中，他们还是孩子
影子中，他们几乎是快乐的

收租院

烂菜叶和米糠煮了很久
就成了忆苦思甜饭
老师说，千万别嫌难吃啊
旧社会的穷苦人家
可根本吃不上这样的饭

这是六一儿童节
清晨的阳光多么灿烂
我们争先恐后咽下这忆苦饭
咽下对旧社会的深仇大恨
走上了去收租院的漫漫长路

徒步行走，嫌路途远吗
可是，这点困难
怎么和红军二万五千里长征相比
只是我可怜的军用水壶一直在漏水
像贫下中农的眼睛一样涕泪涟涟

即便对着含情的西湖水
即便对着柔情的柳枝条
即便满山有映山红的盛开
阶级教育展览馆的匾额
也依然显得如此严肃清冷

一群大大小小的瘦弱的泥塑贫农
走在他们缴租的路上
他们扛着、背着、推着、拉着
踉踉跄跄地前行
而土牢的洞口仿佛骷髅空洞的眼眶

从逼租、验租到过斗，大斗进、小斗出
然后是算账，然后是迫害，都令我们惊惧
再然后，才到了让大家解气的造反和翻身
松了一口气的我，打开漏了一半的水壶
开始吃自带的干粮

小老鼠手帕

记得小时候，每天上学
妈妈都会让我带上一块手帕
一块折成小老鼠的手帕
它是灰色的
像妈妈脸上的灰霾

我把它打开，它是灰色的
我用它捂住脸
学校的上面是灰鼠皮一样的天空
一面苍白的旗帜冻得瑟瑟发抖
乌云中，有亿万只老鼠
惶惑地奔窜而去

雨还没有落下
手帕还是又干又皱
捏在一双不知所措的
冻僵了的小手上

第 5 章
我的学军

我的学军

吴尧欣 | 初3高5

学军，一个曾充满时代烙印的名字，早已成为蜚声国内外的优质教育品牌。作为改革开放后的学军一期(备注：学历高于传说中的黄埔一期)，我们有幸参与、分享、见证了你的荣誉。你是中学教育的哈佛、剑桥、北大、清华！

学军的中学教育早已远远超出了修几门课，赢得竞赛，考个好成绩，甚至不仅仅是为了考个好大学。因为我们共同成长的经历，将不仅仅局限在初中三年、高中三年。这个共同成长分享的经历，还远未结束，也许会伴随我们一生，甚至延续到学军的二代、三代。这是多么影响深远的中学六年啊！

我们可以自豪地说，我们生长在中国最美的城市，曾经在世界一流的中学——学军中学深造。

我的思绪回到了三十年前。

当我懵懵懂懂地从“文革”结束的喜悦中迎来一个崭新的时代时，我幸运地遇见了这一群同学和导师。

幼年时曾被寄托在沈塘桥附近的邮电托儿所，所以我对那一带的环境并不陌生。文三街上茂密的法国梧桐总能带给我曲径通幽的感觉。周边高等院校环绕，西湖风景区近在咫尺，这种学习环境似乎能给人以良好的心理暗示。西湖和文教区特有的氛围让在学军的学习和生活充满了活力和享受感。我们有时不知道自己到底是在上学还是在旅游，有几次我们几个同学买了午饭，一路吃到黄龙洞。

初一上半年我每天乘公共汽车上学。在每天上学放学的汽车上，我们很多不同班的同学一路交谈，由陌生变得熟悉。这大大扩大了我的社交圈子。最近一年来，学军的山友团走西湖活动一直通过微信受到来自全球各地同学们的关注，如果能回杭州，我一定争取参加你们的山友团，参加你们的走西湖。

学军开启了我探寻世界的脚步。记得小学时曾多次想学骑自行车，可就是过不了上车这一难关。我怕摔跤，对上车这一技术始终找不到安全的学习方法。记得初一的下半年，我得到了一辆崭新的凤凰牌自行车。于是我决定不学上车技术了，先从骑车下手。仗着个子够高，脚能撑着地，在操场上我居然骑着骑着让车跑起来了。十分钟后，我居然能在操场上自由地骑行了。几天后，到校后我突然发现有一课本忘带了，于是向袁骏借了自行车，从文三街沿着繁忙的马路一路大胆地骑回拱宸桥家中。从此从拱宸桥到清河坊附近的外公家，再到灵隐、九溪等各处西湖名胜古迹，我骑着自行车走遍了杭州城的各个角落。暑假时曾沿着西湖，欣赏美景加赶做作业，然后心满意足地骑向下一个景点。也许是因为这份经历，数年后上大学，直至跨越太平洋，一切似乎是那么

自然，顺理成章。近几年工作常需要在各地奔波，我还是乐此不疲。

我们的同学来自杭州的各个角落，上学军的第一个感觉就是棋逢对手的痛快感。在班里我们常常在一起斗嘴讨论、交流辩论，这既加深了我们的课堂知识，也极大地丰富了我们的社会知识和阅历。我至今还非常怀念当年那种形式的交流，那种痛快淋漓，那种卫星撞地球式的充满智慧火花的交流。放假时，我们也到处串门。袁骏家是我们假期的一个据点，严琪、冯建华、楼益林、沈波、周柏顺等都是常客。我们到李宇为家拿气枪对着院子中的空罐头搞射击比赛，我们到冯建华家那幢建于民国时期的豪宅玩。我记得严琪、周围、楼益林、张鸿宇、徐益平家我都是常客。到汪立力家见到他母亲，不敢叫阿姨，因为长得实在是太年轻了。高中的汪立力后来和初中的美女同学叶文结为伉俪，成就了学军同学中的又一段佳话。王伟、俞平、嵇骏家我也到过多次。高中的嵇骏后来娶了咱们同班美女朱青争，真是亲上加亲。记得上大学后的第一次暑假，在楼益林家玩得太晚，六个人挤在一张单人床上。这种关系在今天的西方社会既不可想象也无法让人理解。

李宇为是我的同桌，他以优异的成绩考进学军。初中毕业前他移居香港，后来为证明一道数学难题，我们还通信交流自己的进展。他去香港前我们几位同窗好友在文二街的照相馆照的那幅照片定格了我们的青春岁月。“岁寒三友——松竹梅”“海内存知己，天涯若比邻”是我们当年友谊的真实写照。近年来他组织帮助了数以万计赴港深造的内地学子，被同学们亲切地喊为“李叔”。

高一时，教过我初中语文的邱志权老师再次执教我的高中语文。我们的第一篇作文是回忆自己的初中时光。我写了一篇饱含深情的作文，触动了有共同回忆的邱老师，她破天荒地给了我一个优，并当范文在班里朗读。放学后其他同学的作文被取回教室，我见王芳和陈晓岚得了优，就饶有兴趣地读了起来。两位的作文，字体娟秀，文笔优美流畅，令我叹为观止，深为她们的写作才华和天赋所折服。

也是在高一时我被班主任程正禄老师指定暂时担任班长一职，之后的选举中同学们顾及我的面子，没有把我拉下马。高一上半年的期中、期末考，我分列第十二、十一名。看着张榜公布的前十名名单，我觉得愧对班长一职。高一下半年期中考试前，我破天荒地做了一个奇特的祷告。说破天荒是因为这样的祷告万一成功的话大概不能重复做，只能做一次。我祷告说能否让我考一次第一名。那是我一生中唯一的一次第一名。这之后我的总成绩似乎稳定地上了一个台阶，但我再未“染指”过第一名。那

份经历和之后的诸多经历，让我认识到生命的真实性。

我的初中、高中，男女生关系一直很融洽，大家在一起讨论聊天，其乐融融。邻座的太多了，记得有陈迁、王卫红等。唐玮曾经坐在我和吴军的前面，和定居奥斯丁的她虽已多年未能谋面，想起来还是关系挺铁的感觉。

小时候自认为不是一个野孩子，瘦瘦高高的我不知什么时候学会了徒手翻上防空洞顶，用双手沿着旗杆爬上杆顶。学军的体育课让我有了用武之地，印象中单杠、双杠的技巧似乎能轻松完成。排球、篮球、足球、羽毛球一直是中午和下午活动课的必玩项目。加上每天早晚的自行车，学军六年，我从一个身体瘦弱的豆芽菜逐渐变得强壮起来。爱好运动的习惯也一直保持到今天，网球是我现在常年坚持的运动，我也跟随自己的球队常年参加群众性的亚特兰大网球联赛。

在学军不断遇到见证奇迹的时刻。记得有一次上英语课，老师一进来就让大家花五分钟时间把课文背下来。五分钟后似乎只有楼益林坐得腰杆挺直。他被叫起来，slowly but surely，一字一句地，居然一字不差地把整段课文背了下来。有一次午间休息，我们一群男生在课堂里喳喳呼呼下象棋。大家认定甲方赢定了，于是欢呼。坐一旁静静观战的杨蓟浙淡淡地说了句，走这步不就行了。于是乙方起死回生，如此这般若干次。当时就想起刁德一唱的“这个女人不寻常”。高中时体育课练三级跳远，徐益平两跳就进沙坑了，可怜好多同学三跳还在路上。

三十年后的今天，学习和高考的压力烟消云散，回忆起当年的轶事，仍会忍俊不禁。高中时重新分班，遇到了好多新同学。记得有一天跟卢士青聊完天后走向校外。走到大门口，突然看见“卢士青”从大门外走进来，我当时差点没昏过去，也同时认识了卢士青的孪生妹妹卢士兰。体育老师王指挥口令喊得有味道，我一直搞不清他在喊“左转弯”呢还是“朱仲华”。学习英文让同学们的智慧有了新的发挥空间，田加、陈红光、周柏顺等都被英文赋予了新的名字，蔡笑今的皮艾尔、竺大文的达尔文不知是否成为你们今天正式的英文名？

我们的同学是如此多才多艺，孟泉的书法和篆刻，冯建华的航模，袁骏、王薇的摄影，楼益林、沈波的口才，马亚明对世界名著的通晓，程荣珍的舞姿，李立新的扬琴等，都让人记忆犹新。周柏顺嘛，他简直就是一个茶农林专家。

特别感念我们的恩师们。学军聚集了当年杭州乃至全国最优秀的一批教师。卢瑞宝老师的语文课上，常能听到同学们欢快的笑声。我从未想过一堂语文课可以如此精彩，让人学得有滋有味。

寿纪媛老师直爽干练，她做人教书的风格至今让我景仰。舒明宙老师一直是我尊敬的恩师，他创造的一项纪录恐怕是前无古人，后无来者。据说有一年高考，浙江省前六十名中的二十人来自他班里，其中第一、三、五名均出自他班。我无法道尽对恩师们的感激，感谢你们！文真真、程正禄、邱志权、吴玲玲、吴美林、方雯天、赵如莲等老师！

学军的生活充满了感恩、友情和愉快的回忆。如果有什么借鉴或反思，如果时光倒流，我将不再重理轻文，也不会以分数论英雄。分数不代表能力、更不代表成就。我会学好课堂知识，也会更重视动手能力、毅力和多种能力的培养。我会学习先做人后做事，我甚至还会学点关系学，以更好地与人合作。中学时代的学习和考试早已结束，生活中的学习和考试则永无止境。

学军，带给我们自信而非骄傲和目空一切，带给我们同学友谊的真情而非利益的交易，带给我们不断进取的动力而非简单地对财富名利的追逐。学军，你将伴随我们一生的追求，也是我们永远的骄傲！

我的学军

沈晓红｜高5

当卢士青又一次来催，为毕业三十周年同学会写几句话吧，我就发愁，写什么呢？我于是作沉思状，开始回忆我的学军生活。

我高中才上的学军，之前因为没有杭州户口，没有考中学的资格，只好在杭师院附中借读。现在想来，我当时是怀着怎样一颗既兴奋又忐忑的心来到我神往已久的学军。

我想起了第一次化学摸底考试，卷子上那鲜红的“35”分，那是我人生中第一次也是唯一的一次不及格（体育除外，呵呵），还是这样难堪的低分。在我既难过又自卑的时候，是那长着娃娃脸、总是笑眯眯的化学吴老师给我安慰和鼓励。

我想起了第一次写作文——改写课文《国殇》，语文邱老师在课堂上表扬了我的作文，还让我当了语文课代表，使我对自己的写作，连带对学习有了信心。我至今还记得邱老师讲课时那无比投入的神情和抑扬顿挫的语调。

我想起了第一次被老师找去谈心，那是因为我写了一篇作文《路》。大概作文里头有太多伤怀愁绪，甚至现在想来那也许只是年轻人的“为赋新词强说愁”，可是万万没想到让老师担心了。邱老师告诉了班主任方老师，于是方老师找我去她办公室“聊一聊”。具体聊了什么，其实我现在已经有些淡忘，但是我还记得那日谈了心出来，正是落日西下，晚霞满天，我的心里充满了温

暖和感动。

我想起了中午饭后教室里热闹的场景，那真是快乐的时光。有一阵子我狂迷王刚的广播小说《夜幕下的哈尔滨》，于是总是热切地盼望中午回家的王芳的到来，盼望可以早点知道新的故事情节。

我想起了有一段时间，放学后，我和姜晓红都不急着回家，先在教室里做作业，然后在校园水泥乒乓球台边神聊，看着太阳像个巨大的咸蛋黄渐渐坠落。

我想起了有一年冬天，在考前停课复习的日子，我和陈晓岚到学校教室里去复习，好像还遇到了其他男生，一起做题，一起讨论，一起聊天，一起吃糖，教室里充满了温馨，天气似乎也不那么冷了。

我想起了高三 5 班，想起了老师，想起了同学，想起了各种故事，想起了各种场景，虽然从学军毕业已经三十年了，但是那些仿佛就发生在昨天。

我的学军

俞　平 | 初1高5

刚送走大学同学入伍参军三十年聚会，便将迎来高中校友毕业三十年联欢。前日翻开尘封已久的老相册，看着那一张张略显稚嫩的笑脸，一抬头，瞧见隔壁书房灯下写作业的高三小女，感慨万千……

我们那些年，读书似乎没有那么辛苦，每晚十点睡觉，早上七点起床；现在的孩子，上学变得如此痛苦，晚十一早六，周而复始，只盼周日能睡个懒觉。我们那些年，千军万马过高考这座独木桥，倍感压力；现在的孩子，大部分学生能上大学，只有想上理想学校的人才“鸭梨山大”。

我们那些年，读书的目的很单纯，就是考上大学；现在的孩子，该学学，该玩玩，只要努力就行。我们那些年，大学毕业就能找到稳定的工作，端上铁饭碗；现在的孩子，大学毕业依旧茫然，不是拼爹，就是啃老。

我们那些年，吃过苦，知道什么是甜；现在的孩子，泡在糖水里长大，根本不知什么是甘。我们那些年，平时粗茶淡饭，逢年过节兴奋不已；现在的孩子，天天过年，反而觉得没什么好吃的了。我们那些年，一年能盼件新衣就心满意足；现在的孩子，一到休息天，就缠着母亲往服装商场跑。

我们那些年，放假喜欢到公园、郊外去玩；现在的孩子，放

假不是宅在家里上网，就是相约去逛商场。我们那些年，过个生日吃碗鸡蛋面就很高兴了；现在的孩子，不仅同学聚会，还要送礼物唱卡拉 OK。

我们那些年，棍棒底下出孝子的教育方式居多；现在的孩子，民主协商和谐教育的不少。我们那些年，私底下称呼某老师的居多；现在的孩子，聊天时直呼老师大名的不少。我们那些年，父母训斥时低头无语的居多；现在的孩子，爹妈教育时顶嘴申辩的不少。

我们那些年，与家人、同学和谐相处的居多；现在的孩子，自私独处、锱铢必较的不少。我们那些年，知识面狭窄，不善于发表意见的居多；现在的孩子，见多识广，能说会道的不少。我们那些年，初恋是偷偷的、纯纯的、甜甜的居多；现在的孩子，恋爱是大方的、开放的、火热的不少。

虽然这是我的一己之见，但相信大多数同龄人都有同感。是社会变化太快，我们已跟不上了；还是时代发展了，传统的东西落伍了。这是我们这一代人的困惑。

无论如何，生活还要继续。“儿孙自有儿孙福，莫与儿孙作远忧。”感慨之余，顿觉释怀。欣赏最近的一篇微文《别让生活耗尽你的美好》：爱自己，对自己好一点。无论家庭需要你怎么样地付出，都记得适时地犒赏自己一下。

好好聚会，多多走动吧。（写惯了官场“八股文”，惊诧于微信中的“心灵鸡汤”，及至自己提笔，顿觉笔头青涩。好在写所思、吐所想，文笔虽糙，真情实意，唯愿与众同学分享一笑而已。）

2014 年 10 月 28 日于郑州家中

我的学军

陈　琳｜初 4 高 6

某天，闲来无事在家整理照片，几张黑白照引起了我的注意，拿起来一看是我中学时代的照片，照片上的我是那么青春逼人、富有朝气，浅浅的微笑中满含对未来的憧憬，思绪一下就拉回到三十多年前在学军中学度过的美好时光。

我们 1984 届是学军中学首次通过考试录取的，当年我被分在初中 4 班。我们的班主任杨宁远老师是个 20 多岁的小伙子，个子很高，人很帅，也很腼腆，说话还常常会脸红。他年轻、热爱运动，他教我们打排球，从零开始，手把手地教。

每天下课的铃声一响起，总有同学拿起排球冲到教室外，很快，我们就围成一圈练习发球、接球、垫球；放学以后也不着急回家而在学校接着练习，直到夜幕降临。

我们的努力没有白费，在杨老师的指导下，我们班的女子排球获得了全年级的冠军，而我也是其中的主力之一。初中时打下的排球功底使我至今还能自如地接发球，为学校组织的职工排球赛出力。

学军中学是个外事接待学校，每年都有很多外宾来校参观。得益于小学里是文宣队队员，我入围了学校外宾接待演出人员。每次有外宾来访，我们都会为他们表演节目，展示学军人的风采。至今仍清晰地记得尤丽华老师高仰着头，弹着钢琴带我们练声，给我们排练小合唱的情形。每次演出结束，外宾们送给我们的笔、头饰、小挂件等小礼物，往往都会让我们兴奋好几天。

回忆起在学军六年的光阴是单纯的、快乐的、充实的、美好的。虽然那时的我们没有太多物质上的满足，男女同学之间也不太说话，很少交往，但同学间那种简简单单、清清纯纯的情谊今天回忆起来依然是那么温馨和美好。

忘不了学军的老师，他们朴实、严谨、敬业的精神让我终生受益，学军人踏实、认真的做事风格已经渗透到我的工作、学习和生活中。

三十年弹指一挥间，岁月的沧桑虽然洗净了青春的铅华，但是，埋藏在心中那份对母校深深的情感和浓浓的师生情、同学情注定成为我人生中最美好的记忆。

致学军

张亦兵｜高 8

去年冬天，冬妮从墨尔本打来电话，告诉我高中 8 班在微信上建了一个群。分别三十年的同学开始有了联系。

冬妮的电话带我回到 1984 年。高考结束后的 8 月，我们高中 8 班后排的几个男生坐在里西湖边的草坪上，开着和往常一样不着边际的玩笑。夜已很深，又有些秋天的凉意，可我们还想再多坐一会儿。大家心里都明白，过了今日，哥儿几个就散了。

时间飞快，一晃三十年。忙碌着生活，经历着人生，我并不怎么回忆过去。偶尔静下来，也会想起中学时代的点滴。

有时候在路上看到成群结派的男孩子们说着笑着，我会想："阿哈，我也有过这样的年纪。"高中 8 班后排的男生，也整天嘻嘻哈哈一副没正经的样子。一有机会，就想着法儿给同学起绰号，像"巴西""刀头""老虎""沃伦斯基"这些绰号就这样永远跟着同学们的一生，连女生也没躲过。没有别的意思，就是觉得好玩，又带些男生的顽皮。虽然那时候的男生女生不说话，可"标本""波尔卡"，还是让男生们记住了曾经同学过的女生。

后排男生实在是调皮，班主任赵梅芳老师恨铁不成钢，天天追着"骂"。可我们男生知道，赵老师的那几手技术含量不高，拿我们没办法。我们这帮捣乱分子更知道，赵老师内心喜欢我们，所以拿我们根本没办法。三十年后，赵老师教我的物理早忘了，可老师对我们的关爱一直记得。记得有一天放学，赵老师把我叫到办公室，给了我一些彩色铅笔，当时很少见。那一刻好开心，不为那笔，只为感觉到的赵老师对我的宠爱。

十六七岁的孩子是很叛逆的，即使是在那个年代。老师们对我们虽是严格但也很宽容。政治课学辩证唯物主义，我和刘季春老师争了好久关于唯物主义是否也是唯心主义。我很得意，因为最终刘老师也没能说服我。现在想来，很感谢刘老师，谢谢他允许我诡辩，谢谢他教会我用心去理解和思考，而不是死记硬背。

做学军的学生真的很幸运。虽然那个年代物质并不充足，但我们这些孩子得到了比知识远远重要的老师的关爱，和老师们不记任何报酬的辛勤付出。

高二的时候，学军中学请来了海洋研究所从南极考察回来的科学家。其他都不记得了，但我记得在他讲话的最后，引用了居里夫人的话，意思是说：只要你有梦想你就能实现；只要你有梦想，想要月亮也可以摘到。也许，这就是对学军所教给我的最好总结。学军给了我很好的教育，学军给了我很好的回忆。感谢所有的老师，赵老师、刘老师、周老师、贺老师、王老师！感谢同学们！

收到三十年同学会邀请，我有些犹豫。怕三十年后的我们会

不会变得陌生；更担心见面可能破坏三十年前的美好回忆。9 月份回国探亲，有幸见到了一些学军的同学。我感受到了学军的同学还是学军的同学。三十年的分离更是三十年的积累，学军的同学情谊更浓了，就连从未说过话的女同学都像老朋友一样的亲切友好。所以我决定一定要来三十年同学会，再叙同学情。

三十年后的今天，我们同学遍布世界各地，追求着自己的生活和目标，丰富着各自的人生阅历，实现着自己的梦想。有的是教授、科学家；有的是行业领导、专家，承担着很大的责任；也有的生了一堆可爱的孩子，享受着人生的天伦之乐。

做了学军的孩子，我们永远是学军人。我想三十年同学会，不仅是对学军青春记忆的美好回味，更是对学军梦想的一种坚持和执着。

无论我们在哪里，不管我们做什么，我们永远是学军人。我们的梦想，就是学军教书育人的梦想。

最后，我想借用一首赞美我们家乡杭州的歌曲《梦想天堂》来赞美我们的学军中学和学军的同学们：

你把你的曾经刻在日月的中央，
让有爱的心门不再关上；

你把你的未来放在我们肩上，

让美丽的梦想耀眼在东方。

祝福学军的老师们，祝福学军的同学们，祝福我们的学军中学！

2014年10月25日凌晨于新西兰惠灵顿

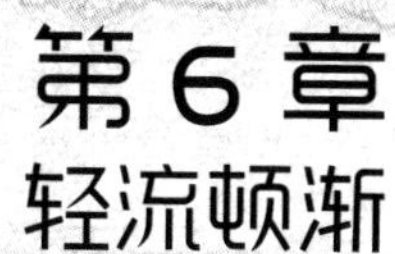

第6章

轻流顿渐

静静的学军河

马　群｜初4高2

离开学军转眼已经三十年，初中三年，高中转战三个班，提起笔，岁月的片段纷纷飘入脑海！令我难忘的“超有集体荣誉感”的初中4班，堪称“学生榜样”的班主任杨宁远老师，“输了球就抱在一起哭”的排球队……撩开岁月的面纱，回到青葱的过往，如果岁月就是无数条小河汇集成的海，那么自己选择的英语教育人生里流淌着一条助推我到此的“学军河”。

进学军的面试是我人生中的第一次面试。面试的老师姓龚，小小的个子，戴着圆圆的眼镜。记得他问我的问题之一就是：“你会一些外语吗？”那分钟特感激逼我学了四年日语的父亲，现在还能感觉到自己回答时的那份骄傲。我当场背了《熊猫与樱花》的日语文章，同时“大言不惭”地告诉面试老师我“还会英语”，其实那时的我就会26个英文字母。记得龚老师笑着对其他老师说：“真不简单，还会两国语言！”真不知是否是这样的机缘才让我进了学军。

初中时的我，每天走出学军校门，对着杭大后门想过无数个想干的事，从无出现的字眼就是“外语老师”。那时我的英文字写得极像教英语的赵如莲老师，被英语组的老师们说成“小赵如莲”，将来也可以当英语教师。在办公室，我对赵老师说：“这辈子，最不想做的是老师，万一必须做老师，绝不会当英语教师。”

后来投身教育时偶遇赵老师，当她得知我不仅教英语还在办英语学校，用她的原话说“做梦都不会想到”。每每看到自己的英语字，眼前总有赵老师亲切鼓励的笑容。

在 20 世纪 70 年代，学军是杭州唯一一个对外开放的学校，拥有现在看来很好的外语环境，几乎每周都有来自海外的参观团。我们总是在长得像日本翻译官的“胖翻译”老师的“外事无小事”的教诲中习惯着五颜六色、刺鼻的香水味和在简单的“How are you”交流后开心获得的足以拿来在同学面前炫耀的各式舶来的小礼物。那时特羡慕参加学校文宣队的“跳舞极好”的蒋晓娴，因为为外宾表演总能有舶来的礼物。记得有一天在走廊打扫卫生，一个海外团从我身边经过，迎面走来的卢瑞宝校长对我说：“干吗不去交流，卫生等下再来搞。”正是这样的鼓励，因为紧张而经常不分“How are you”和“How old are you”的交流，让我知道自己的英语不是卷子上的 95 分、100 分，实在差得汗颜！

高中时来了一个美国教育代表团，教我们英语的徐国华老师，怕我们上课听不懂，把全部课文先给我们上了一遍。上课的那一周，我仍然听不太懂，却听懂并成功完成了与那个胖得只能侧身走过过道的美国老师和我的对话：

“What’s your name?”

“My name is Ma Qun.”

“Oh, Ma. You must be a popular girl. Mary will be your English name.”

也许是因为我的微笑，我有了英文名字 Mary，而这个名字也成了现如今做的学校的名字。高三时，英语的自习课上，徐老师给我们做的听力，后来进大学才知道叫“托福”，每次 10 道题，或是 20 道题，几乎很少对过一半。也许因为这样的“打击”，加上学军英语学霸级的人物比比皆是，我从来没有觉得自己英语有多好。直到进入浙江大学外语系，外教上课时问我们谁能听懂 50% 时，只有来自学军的我、陈军、李斌一起举手，我深深庆幸学军带给我们的听说积累。当大一的暑假因为“发音好”，让我有机会给小学生上英语课“勤工俭学”，大三时指导老师生病，让我替他给机械系二年级学生上了一周的 College Core English，那种“7 岁养 8 岁”的感受记忆犹新。现在想来不知道是否是学军带给我们的积累，像一条河无声地流淌着，给了我们很多的机会，把我们送入适合我们的方向。

投身教育这十几年，每每当人夸我是个“好家长”时，我的眼前总会出现“宁静致远”的杨宁远老师。杨老师是我们初中的班主任，一说话脸就红到脖子根，那会儿刚从浙江师范大学毕业。按现在的标准，我们很幸运地拥有一个“有不俗的家庭背景、德智体全面发展且志向高远”的教书育人的好老师。他总是能细致地关注每一个学生，苦心经营初中4班，师生互动之高，让其他班羡慕，“超高的集体荣誉感”，4班一起欢呼的情景历历在目。杨老师影响着我，以及整个初中4班。小学时的我体质极差，几乎没有一周不请假。初一体育400米达标考试，在同学的呐喊里，停上三回我才能蹉跎到终点。那时自修课，4班在杨老师的带领下学打排球。有一天大家在操场上围成圆圈学习垫球时，杨老师找到我，对我说：“排球谁都不会，你学习能力不错，一定垫得过其他同学。”就这样，我的好胜心被点燃，因为排球训练，我的饭量明显增加，体质也明显改善，初二就一跃成为体育达标优秀的学生，还进了校队当了五年的排球队长，成为同学心目中“杠杠”的二传手。至今在我的脑海里依然有着一个脸红到脖子根，抬头托球给每一个同学的杨老师的身影。记得有一次开班会，我和同学在讲悄悄话，被杨老师叫起立，我却理直气壮地公开顶撞他：“上面开班会，我在下面开小会不对，那么，上次我路过教师会议室，王校长在上面开大会，你也在下面开小会，为什么你可以，我不可以？”为了这个，我父亲被请到了教师办公室。杨老师总是这样不断地提醒我保有个性但需注意场合和必要的妥

协。而后太多的日子，不知犯过多少次错，幸运的是，总有杨老师的宽容和提醒。4 班在杨老师的带动下，不仅刻苦好学，同时爱好广泛，我们在一个友爱又良性竞争的班级里享受着属于我们的快乐，也许这就是学军给予我们的精神。

岁月悄然走过三十年，我从一个发誓不做英语教师的学军初中生投身到公益教育之行列，学军 1984，从青葱少年迈入收获的秋天！学军这条伴着我们长大的河，一直静静地流淌在我们的心中！相信这条静静助推我们成长的“学军河”会温润一代又一代的学军人，宁静，致远，奔腾入海！

变

竺大文｜初 1 高 1

几周之前，蔡笑今、郑惠军、吴向群和我，在离学军中学不远的地方喝咖啡。离我们上一次这样聚在一起，恐怕有二十年了。我们这些人都是杭大子弟，从小学起就混在一起。像笑今和我，总是奇迹般地被分在一个班里。直到高三，我临时转去了文科班。

小学的最后一个学期，学校忽然分班，把老师觉得能考上学军中学的集中到本部，其他的则在分部上课。我们都没被选上，过了几天，老师转念一想，其中的三个小孩还有点希望，就又调了出来。连这个短小的插曲，我们也在一起。

那个班级已经坐满了，我们不得不自己背着凳子到本部去。凳子还挺沉的，也不容易背。我们在路边的野地里歇了好一阵，风吹到有汗的脸上，意外凉爽。但我不敢肯定这个画面真的发生过。

有点幸运的是，我们都考上了学军中学。但我一直是个心不在焉的学生，是让老师头疼的那种。到后来，像化学课，听不懂老师在说什么了；又或者，那些历史事件发生的年代，从来懒得去背。现在，我都有些想不明白，怎么居然也考上了大学。

偶然翻杂志，看到一张照片，帕瓦罗蒂在游艇上唱歌，蓄着漂亮胡须的大胖子，梦幻般瓦蓝的海在背后起伏，标题是“男高音生活在另一个世界里”。对我来说，那时的优秀生，现在称为

学霸，约略近之。

记得更多的是，上学路上，一路冥想，想象自己迷入深山当了大王之类。走到校门口，才想了开头，必须第二天再接着。于是，也羡慕那些坐公交车来的同学。他们有漫长的路线，且可以一路晃晃悠悠。

当时这一带的公交车都是东西走向的，总想什么时候沿着西溪河也有公交车，或者，能穿过杭大更好。事实上，我的活动半径很小，所谓杭州，就是杭大周围这一小块。半道红、卖鱼桥、武林门，这些听着都很遥远，乃至有点神秘。大约到高中，才会悄悄骑车去少年宫附近防空洞里的电影院。

放学后，一个印象尤深的游戏，是去建造中的大楼里捉迷藏，反正周围总有在建造中的大楼。我们在脚手架上跑来跑去，有时还要一跃而过。大雪天，跑到杭大宿舍的房顶上，滚了超大一个雪球。有人走到附近路上时，把雪球给推了下去，就为听那一声震动。推的时候，彼此必须互相拉住，免得被雪球一起带下去。想到那滑滑的积雪的楼顶，此刻不免后怕。

中学里的时间，过得很慢，比现在慢许多，但终于也毕业了。一些同学去了外地，或去了别的学校，不免疏远起来；也有些同学，在学军不算太密切，毕业后倒是交往越来越多。

反正时间是大把的，想到了，也不用约，骑上自行车就去，在就聊上一晚，不在就漫游一圈。有段时间，我常常约了冯建华一起去找韩炜。冯建华在学军被叫作老班长，其实他是团委书记吧。在学校里我们没怎么说过话，想不起后来如何会混熟的。

当时我们喜欢拍照，偶然约了到他家的暗房里一起冲印，不知不觉就是一个通宵。喜欢照片慢慢在显影液里浮现出来的感觉，即便那是张拍糊的照片。可惜照片现在都不知哪里去了。后来冯建华又喜欢上了船模。那需要极细心的手工，我只能敬而远之。他却痴迷很久，甚至参加了全运会的比赛。

韩炜自己租房子住着，就在松木场，离得也不远。房子是老房子，不大，摆了床之后，剩下的空间只够放几把椅子，但足够让我们羡慕。他很早开始写剧本，每次去，总兴致勃勃地给我们讲最近又悟到了什么，编剧的道理，或者人生的道理。也由此认识了他的几任女朋友，记得其中一位是电台颇有名气的主持人，在广播里的声音好听极了。不过，多年后，参加他的婚礼，新娘又是陌生的面孔。

都还住在河南宿舍区的杭大子弟，大学毕业后，感觉是来往特别频繁的另外一个高峰。在单位里除了上班没太好玩的，大家又没有家庭负担，连恋爱也没在进行。

笑今、惠军、大军和我，隔三岔五去杭大的小草坪上踢球，总是笑今和惠军一组，大军和我一组。我们的实力明显不够，东扑西挡的，他们则不时打出连续的漂亮的配合。踢完了，我们输上十几个球，都挺正常，但始终乐此不疲。有一次，是年三十，直到黄昏还在踢球。深冬的校园里，一片空寂，只有我们围着球跑来跑去。

惠军和大军陆续去了美国。笑今算走得迟的，也去了新加坡。大军在美国读了一阵书，回国来过，过了一段时间，又走了，后来又回来，又走了。现在真的失去了联系，挺想念这个有趣的朋友的。

我们就这样被命运裹挟着，有时和这些人挨得紧些，有时是另一些，不由自主。比如陆陆吧，多少年没见了，因为几次同学会，重又联系起来。现在他在我的电话名单里位居前列，今年已经找他帮了好几次忙，虽然都是些琐碎的公事。不过，他在中学里也是这么活跃的吗？

笑今去新加坡，隔了几年回来。我们在西湖边见过，带着他的太太，还有他弟弟和弟弟的女朋友。那天天气晴朗，茶叶在杯子中泡开的叶脉历历在目。再以后，联系就越来越少。这次的同学会，我都不知道他回来了。隔着大大的圆桌，我们报以客气的微笑。后来我和他说，好像很陌生了，他重重地点头。

于是，我们特意约了再见面，还有惠军、向群。咖啡店所在的大厦，中学时该是农田吧。惠军是去美国后就没见过，马上又要回去。他剃了个光头，很酷。以前当然不是这样的，但不知道为什么，我觉得这就是他的样子。

意犹未尽，隔了一天，笑今和我回到这家咖啡店，继续聊天。聊着聊着，我重又能辨识他的表情、表情里的细节，一起发出心照不宣的笑声。那天还真下着一点小雨，我们打伞从西溪河边走过。这里有公交车站，车灯的光线在水洼上跳跃。

如果中学生的我穿越到这里，会觉得兴奋吗？也可能，在他看来，变化并没有那么大，至少，那棵大樟树还伫立在马路的中间。而在从前的想象里，别说 2014 了，就是 2000，我们也该坐着飞行器到处漂浮了。

生命中的礼物

陈　波｜高1高4

学军是在1982年的冬天进入我的世界的。

作为一个侥幸考上的插班生，进入了高一1班，那是高一的下半学期。因为年龄小，又是外地人，下课的时候，在教室的后面，姚利民和他的小伙伴们，会像欢迎动物园新来的小动物一样，抄着蹩脚的杭普话逗我说话。杨红岩也和我一样，住在党校宿舍，放学后，背着书包，一起回家。从打索桥边，可以下田埂，抄近路回文一路。想象当年一前一后的行走，活脱脱一对好“基友”的样子。

女生永远是高冷的。范千红、陈军、蒋晓娴之流，都是另一个世界的人物。至于二十几年后，在楼下的美发店碰到蒋小姐，在西雅图，和陈军把酒言欢，仿佛是时光穿越，终于到达了另一个世界。至于是不是风韵犹存，演员和观众都没有那么介意了。

高二文理分班，1班变成了文科班，我们学理科的，去了4班。和孙凯、姚利民同过桌，结识了冯萍、李宁这样的女侠。孙凯常常有些害人的坏主意和一脸的坏笑。姚利民倒是当年就想当个警察，骑自行车的时候，再也不怕被人拦下。

高考前，和姚利民同桌，常常讲小话，被毛信范等老师各种责骂和轻微体罚，练就了一身的皮糙肉厚，在后来的生活中受益匪浅。

来到学军之前，是个懵懂的少年，不知对错和好坏，世界是横亘在我和我想要的东西之间的障碍，需要对付和克服。学军的氛围，给我一种因为无知而善良的向上，真正是世界观的初养成。高考结束的时候，和郑新岭、林钢、阮征、冯萍、吴琼、李宁一起去了一趟莫干山，住在冯萍舅舅家。凭着少年豪情和傻气，自封为“莫干七子”。上大学的那些年，各种书信和假期的串门，携手走过了那段艰难的青春路。接下来二十多年的悲欢离合、生离死别，唏嘘的不是鼻涕，真正是岁月的印迹。

在武汉上大学的时候，是和黄苏平及两个王芳（分别来自5班和6班）一起坐火车去的。在武汉，一不小心认识了高艳这样的大人物（多年以后，才知道她在学军校友心中的地位），又和她老公混成了哥们，于是就有了很多年的、见面就夹枪带棒的相互埋汰，只有黄苏平常常在一边“呵呵”傻笑。

出国的那些年，和学军的同学有些远。倒是回国以后，又去了一趟西雅图，和一群认识不认识的朋友一起爬山。爬山的路上，和边上一位微胖的男子聊天。问哪里人，杭州人，问哪个学校，学军，问哪一届，1984的，问名字，叫李征，我还是一脸茫然。他知道我也是1984的，激动地说，我就是“nue包子”，刹那间，我脸上惊现不识名人的愧疚。

后来，西雅图和海外的学军同学，因为微信而聚拢，便有了名扬海内外的“学军 84 野猪林”。去年夏天，我也在林里上蹿下跳，自视为北京代表处的中层干部。今年国庆回杭州，和陆陆在酒吧喝酒。说起去年夏天的热闹，陆陆说，还不是看你换工作，闲赋在家郁闷，逗你玩。我悻悻然，又不禁有一丝感激。想想今年的三十年聚会，要见到那些微信上认识的一刀、马清等网友，居然有点小忐忑。

从 14 岁那年的冬天到现在，我像“一只特立独行的猪”，在林子的边缘晃悠，还有太多和学军的故事没有写。

让我怎么说
我不知道
太多的语言
消失在胸口

——许巍《礼物》

在成长的岁月里，在这个巨变的时代，学军像是我生命中的礼物，既有南方人的温婉沉静，也有北方人的豪爽率性，绵延着持续地给我一种乐观向上的力量。如果不能有什么回报的话，就写这么段文字，给我们的三十年聚会吧。

第 7 章 今夕何隙

My Fixation

金亦健 | 高 8

In the fall of 2014, I had a fixation.

I was obsessed with Alibaba and its founder Jack Ma. For those who know me, it comes with no surprise.

I was fascinated by Alibaba by its sheer size and potential. On October 28, 2014, its stock traded above $100 a share intra-day for the first time since its IPO. Its market value reached $246 billion and was just as big as that of Wal-Mart's. Yes, Wal-Mart! I am not kidding.

I was also captivated by Jack Ma, an amazing little fellow who could easily be lost in a crowd of Chinese people. Yet, he stood noticed, at Waldorf Astoria, at NYSE trading floor, at CNBC, and recently at Hollywood, talking about his company, his strategy, and his vision for the future. When he spoke, the world took note.

The root of my fixation was not difficult to guess. Alibaba and Jack Ma came from the city where you and I grew up, the city known for its picturesque West Lake and the surrounding mountains and also known within China as the "heaven on earth" . It is also the city that Nixon toured during his landmark visit to China in 1972. Believe it or not, Hangzhou was the only other city he set foot on besides Beijing and Shanghai on that famous weeklong trip. What a foresight!

For me, it was the city I left in 1984 and never returned aside from short home visits. I went to USTC (University of Science & Technology of China) and four years later, boarded a plane to the land of opportunities and went about the business of called pursuit of my dreams et cetera; and thirty years just went by like a two-hour movie. Hangzhou, West Lake, and Xue Jun(oh my alma mater!) became a distant memory, buried in the shuffle of getting educated, getting married, getting employed, getting mortgaged, and the attempts of getting somewhere.

Yet, thirty years of away-from-home only intensified my homesickness. And when Alibaba came to New York City in September 2014, it just erupted, like a volcano that had built up its energy for thirty years. I transferred my long encapsulated feelings into a fixation on the company and its founder. This transfixation (if that is a word), I admit, was a mere reflection of my untold feelings to my hometown, to everything in it, and to everyone I shared a memory with.

Nixon dubbed the historic week in China "the week that changed

the world". Indeed, he could not be more right. The changes in the decades that followed were utterly marvelous and offered more drama than an epic movie. The dragon was awoken and China went on a foot race with the world's economic powerhouses. Its GDP surpassed the world's then fifth France in 2005, world's fourth United Kingdom in 2006, world's third Germany in 2007, world's second Japan in 2010, and is showing up on the rear view mirror of the United States'. The showcasing of Alibaba was simply a culmination of what has happened up to this point of time.

The China epic movie spanned the years we spent in the elementary school, middle school, high school, colleges, graduate schools, and the many working years after that. I often feel lucky that we live in the era of dragon awakening and become a factor and a beneficiary of the awakening. Notwithstanding how small a role one had in this epic movie, each one of us played a part, to make it matter. Along with it, we became who we are today.

The upcoming thirty-year reunion in December 2014 will be like a short intermission, when actresses and actors will take a break from the world stage for a few days. In those few exhilarating days, at the Xue Jun campus and the scenic West Lake, they will forget the roles they play on stage and will become classmates of the old time again. Memories will resurface, stories will be retold, and friendships will rekindle. Names and faces will be remembered again, along with the laughter, the music, the light, the taste, the aroma, and the sight of the ones that stir up your feelings.

And in the heat of those moments, you may wonder if you are still in the movie.

……

Of course, the epic movie has its sequels.

The dragon has been awoken and the stage is set for its next performance. Given what has already transpired, it will be harder to impress the onlookers; yet I look forward to being amazed again.

Jack Ma's success is the pride of the people of Hangzhou. Alibaba's success is the pride of the people of China. Alibaba's business model is deeply rooted in the success of Chinese economy and the economic success of the people of China. Nevertheless, the road ahead is uncharted.

Today, Alibaba sits side-by-side with Wal-Mart in terms of market capitalization. They are two great companies representing the two largest economies in the world. Wal-Mart is a brick-and-mortar business ingrained in the world's largest developed economy. Alibaba is an on-line marketplace thriving in the world's second largest economy that is still an "emerging market".

So let me ask: in another ten years, when we gather again for our forty-year reunion, which company will have a bigger market capitalization? Is it Alibaba or Wal-Mart? And why?

Let's have a drink in 2024 to review the outcome. Maybe you will be just as fixated as I by then.

November 2, 2014

后记

陆　陆 | 初1高7

这本册子的文字成稿于2014年，那年是我们1984届同学毕业三十周年。三十年，按中国传统的纪年法，刚好半个甲子，算小半辈子。资料表明，30岁以下者约占人口总数30%，而中国建筑的平均使用寿命也差不多是三十年。所以三十年荏苒，对于我们，除了年届半百和已知天命，身边又添了三分之一的新面孔，而身边的城市，也不免焕然一新——后一点毋庸置疑：看我们共同的母校杭州学军中学，校址依旧，但房子却通通是新的，连当年上高中时才建好搬进去的“群星楼”，也推倒重来过了。

从前谈及时光，总说物是人非，树犹如此；值此速生时代，却多上演人是物非的一幕，幸矣非矣。27位作者，有男有女，各行各业，或教授学者，或政商人士，抑或也有编辑作家。一半尚在域中，一半定居于海外。当年的青瘦已成圆熟，个性也隐去锋芒变得温润。文中内容虽是回忆，然而下笔的视角却是今天。有岁月，有眼界，有情怀，最重要的是，还有当下和未来，因此本来很私人的文本，有了公共阅读的价值。所以要趁母校六十周年庆，付梓出版，以为献礼。

书的印制出版费用来源有三。一是杨蓟浙同学为三十周年捐的2000加元；二是当年在海外微信群“野猪林”出售猪头巾结余的3000元人民币；剩余部分由我补足。印制与装帧工艺就有赖于邹文华同学的专业意见了。本来还想过为每一个作者画个白描小像，补一段百字小传，借各位作者的沧桑历练，为本书增添一些生命的刻痕。因为种种原因，未竟全功。初衷是想印一本内外谐美的书，靠 27 位的优美文笔，现在大概能做到一半，剩下的另一半，则付诸下一个三十年吧。

是为记。

2016 年 9 月 26 日于西溪求是园

图书在版编目（CIP）数据

今夕何隙·文三街 188 号 / 杨蓟浙等著．— 杭州：浙江工商大学出版社，2016.11
ISBN 978-7-5178-1873-1

Ⅰ．①今… Ⅱ．①杨… Ⅲ．①回忆录－作品集－中国－当代 Ⅳ．①I251

中国版本图书馆 CIP 数据核字（2016）第 247483 号

今夕何隙·文三街 188 号
杨蓟浙 等著

出品人　鲍观明
责任编辑　郭昊鑫　赵　丹
封面设计　郑　恒
插　　画　陆　陆
摄　　影　卢士青
责任印制　包建辉
出版发行　浙江工商大学出版社
（杭州市教工路198号　邮政编码 310012）
（E-mail:zjgsupress@163.com）
（网址:http://www.zjgsupress.com）
电话:0571-88904980,88831806（传真）
排　　版　郑　恒
印　　刷　浙江影天印业有限公司
开　　本　889 mm×1194mm　1/32
印　　张　5
字　　数　111 千
版 印 次　2016 年 11月第 1 版　2016 年 11 月第 1 次印刷
书　　号　ISBN 978-7-5178-1873-1
定　　价　35.00元

浙江工商大学出版社营销部邮购电话　0571-88904970